उलझती सुलझती ज़िंदगी

(लघुकथा संग्रह)

डॉ मधु आंधीवाल एड.

Delhi-110089, India

प्रथम संस्करण : 2021
ISBN : 978-93-90889-89-1

मूल्य : 250/-

आवरण : ज्योति

उलझती सुलझती जिंदगी (कहानी)
–डॉ मधु आंधीवाल एड.

Ulajhti Sulajhti Jindagi (Kahani)
-Madhu Andhiwal Adv.

Published by

PRA KHA R GOONJ PUBLICA TION

H-3/2, Sector-18, Rohini, Delhi-110089
Email : prakhargoonj@gmail.com
        sinha.neelu123@gmail.com
Ph. : 7982710571, 7838505899, 011-42635077
web : prakhargoonjpublications.com

डा. मानवेन्द्र प्रताप सिंह "गुरूजी"

सदस्य-विधान परिषद्, उ०प्र० ।

सदस्य - 1. प्रदेशीय विद्युत व्यवस्था संबन्धी जाँच समिति, उ०प्र०
2. वित्तीय एवं प्रशासकीय विलम्ब समिति, उ०प्र०
3. शिक्षा का व्यवसायीकरण संबन्धी जाँच समिति, उ०प्र०

660, न्यू सुरेन्द्र नगर,
अलीगढ़ - 202001
मो. : 9412338444

क- № 40374

दिनांक : 12.10.2021

पत्रांक : 179/2021-2022

शुभकामना संदेश

मुझे यह जानकर अत्यन्त प्रशन्नता हुई कि आपके द्वारा लघु कथाओं के संग्रह का प्रकाशन कराया जा रहा है। आपकी लघु कथाओं में एक ऐसा प्रवाह है जो पाठक को मोहपाश में बांध लेता है। आपकी सभी लघु कथायें उन्ही विषयों पर रचित हैं जो घटनाएं समाज में हमारे आसपास घटती हैं। निश्चय ही यह संग्रह पाठकों पर अपना असर छोड़ने की ताकत रखता है, क्योंकि साहित्य समाज का दर्पण होता है किसी समाज की तत्कालिक परिस्थितियों को जानना हो तो तत्समय के साहित्य का अध्ययन करने पर हमें समाज की जानकारी हो जाती है आपका साहित्य भी उसी का लघु प्रयास है।

मैं आपके इस साहित्यिक सफर पर आगे बढ़ने की कामना करता हूँ। आशा करता हूँ कि यह लघु कथायें शिक्षा के क्षेत्र में शिक्षकों एवं विद्यार्थियों के जीवन में उपयोगी एवं सार्थक सिद्ध होगी।

ईश्वर आपको को दीर्घायु प्रदान करें जिससे कि आप साहित्यिक जगत की सतत् सेवा करती रहें।

सादर शुभकामनाओं सहित...........

डॉ० मानवेन्द्र प्रताप सिंह 'गुरू जी'
सदस्य विधान परिषद, उ०प्र० ।

सेवा में,,
डॉ० मधु आंधीवाल
1/64, सुरेन्द्र नगर
अलीगढ़ (202001)

हिन्दू इण्टरमीडिएट कॉलेज

ब्रह्म भवन, अचल ताल, अलीगढ़-202001

दिनांक 25/10/21

श्रांक ....

डॉ मधु आँधीवाल की लघु कथाओं को मुझे पढ़ने का सौभाग्य प्राप्त हुआ। लघु कथाओं में उनकी भाषा सहज, सरल, रोचक, लाक्षणिक एवं प्रवाहयुक्त है। उनकी लघु कथाओं की विषय वस्तु इतनी आकर्षक है कि पाठक जब जिस लघुकथा को प्रारंभ पढ़ना प्रारंभ करता है तो उसे पूरी किए बिना छोड़ता नहीं है। इस प्रकार से उनकी लघु कथाओं की विषय वस्तु और उनका प्रस्तुतीकरण है अत्यधिक प्रशंसनीय है। एक सामान्य कहावत है कि "साहित्य समाज का दर्पण होता है", यह उक्ति उनकी लघु कथाओं में चरितार्थ होती है। उनकी लघु कथाओं की विषय वस्तु सामाजिक है। 'शोषण' लघु कथा में उन्होंने समाज में व्याप्त कुरीतियों का चित्रण किया है जो पठनीय है। लाली का शोषण उसके देवर और जेठ ने किया, इस घटना को डॉ. आंधीवाल ने 'शोषण लघुकथा में चित्रित किया है। उनकी लघु कथाओं का वर्णन अत्यधिक सजीव होने के साथ-साथ मार्मिक है तथा उनकी लघुकथाएं जमीन से जुड़ी कथा हैं। इसी प्रकार 'अनाथ' लघुकथा भी सर्वथा पठनीय है। मेरा विश्वास है कि डॉ. आंधीवाल का लघु कथा संग्रह संग्रहणीय होगा। सभी लघुकथाएं सामाजिक भावना से ओतप्रोत हैं।

प्रकाशन के अवसर पर मेरी मांगलिक अभिवंदनम संप्रेषित हैं।

डॉ. दिनेश कुमार शर्मा,
प्रधानाचार्य,
हिन्दू इंटर कॉलेज, अचल ताल,
अलीगढ़

लेखिका की कलम से

छात्र जीवन से बहुत से साहित्यिक कहानियाँ उपन्यासों को पढ़ती रही।

शिवानी, अमृता प्रीतम, प्रेमचन्द, शरत चन्द्र और मालती जोशी जी की कलम ने मुझे बहुत प्रभावित किया।

विगत कोरोना आपदा ने मुझे अन्दर तक हिला दिया मानसिक अवसाद में घिर गयी।

चारों ओर सन्नाटा लगता ऐसा लगता जैसे जीवन का अन्त आ गया।

उससे पहले लिखती थी पर बहुत कम पर कोरोना की भयानकता बाहर रह रहे बच्चों की चिन्ता, एकाकीपन इन सबसे निपटने का एक ही निदान दिखाई दिया कलम को हाथ में ले लेना।

इसमें सबसे अधिक श्रेय जाता है मेरे पतिदेव डा.सी.के. आंधीवाल जी को जिन्होंने मुझे लिखने के लिये प्रेरित किया।

ये मेरा प्रथम लघुकथा संग्रह है। मेरी रचनाएँ उन सब घटनाओं से प्रेरित हैं जो हमारे आस पास घटती हैं।

इसको प्रकाशित कराने में मैं आभारी हूँ अपने बच्चों डा. दिशा, डा.दीपक, मिनि, समीर, पीयूष और रेशू की जिन्होंने मुझे हिम्मत दी कि मैं अपनी लेखनी प्रकाशित कराऊं।

इस लघुकथा प्रकाशन में अपनी छोटी बहन नीता पोरवाल जो स्वयं एक बहुत अच्छी अनुवादक है की दिल से आभारी हूँ हमेशा मेरी समस्या का निराकरण किया।

इसी के साथ जो मेरे से बहुत छोटे हैं पारूल अग्रवाल, आशीष गोयल और भारत जैन पाटनी दोनों ने मेरी लघुकथाओं को संग्रहित किया और प्रकाशन का कार्य अनवरत जारी रहे इसके लिये पूर्ण सहयोग किया।

सभी की हृदय से आभारी हूँ एवं सभी को धन्यवाद देती हूँ।

डॉ मधु आंधीवाल

भूमिका

कहते हैं न कि कब कहाँ से कौन सी रागिनी सुनाये दे जाए जो मन की वीणा को झंकृत कर दे, उँगलियों की थिरकन से कब कौन सा सुर गूँज उठे जो एक सुरीले गीत की रचना कर दे, सूरज की कौन सी किरन किस बगिया के फूलों पर चमक उठे जो कांपती सिमटी पंखुरियों को हौले से एक-एक कर खिला दे और बस झूम-झूम लहर-लहर गा उठे हमारे जीवन बगिया की हर डाली कि हमारी अनमनी पगतलियां भर उठे एक अनचीन्हीं उमड़ती सी उमंग से और झूम उठे जर्रा-जर्रा तो बिलकुल ऐसा ही है मधु आंधीवाल दीदी का यह कहानी संग्रह! क्योंकि न मालूम इस संग्रह की कौन सी कहानी हमारे जीवन में उजाला भर दे और हमें नव दृष्टि, नव चेतना, नव दिशा की ओर उन्मुख कर दे।

डेविड रेमंड सेडारिस जो एक अमेरिकी हास्य अभिनेता और लेखक कहते हैं ''एक अच्छी लघु कहानी मुझे मुझसे बाहर ले जाएगी और फिर मुझे भीतर-बाहर से झिंझोड़ कर और फिर निखारकर कर वापस कर देगी।'' इस संग्रह की कहानियाँ हमारे तप्त मन पर बाढ़ सी बरसतीं कहीं विलय नहीं हो जातीं वरन ये कहानियां तो हमारे दग्ध मरुस्थल पर बूंद-बूंद बरसती हैं, हमारे आतप्त मन को भिंगोती हैं और हमें आने वाले नये मौसम के लिए तैयार करती है, इन कहानियों में हमारे जीवन को संवारने की और परिष्कृत करने की क्षमता है।

ये कहानियां हमें महज कोरी काल्पनिक दुनिया की सैर नहीं करातीं कि जिन्हें पढ़कर मन उफनती नदी सा और विह्वल हो उठे और एक अनचीन्हे सपने की ओर बावरा हो भाग उठे कि जिन्हें पढ़कर हमें यथार्थ की कठोर दुनिया और भी अधिक कठोर लग उठे। इन कहानियों का ताना बाना तो हमारे आस पास घटित हो रहे वाकयों से बुना होता है। ये कहानियां अनुभवी आँखों के जल से परिष्कृत हैं जिनमें हमारे जीवन को बदलने का माद्दा है।

एक लघु कहानी क्योंकि शब्द सीमा में बंधी होती है जिसे लिखते हुए रचनाकार को कल्पना की उड़ान भरने की मोहलत नहीं होती या कहूँ कि लघु कहानी के रचनाकार को एक कुशल आखेटक की तरह प्रत्यंचा पर भी एकटक नजर बनाये रखनी पड़ती है जिससे लक्ष्य भेद भी हो सके और प्रत्यंचा भी न टूटे, मेरा तात्पर्य है कि कम शब्दों में पूरी पटकथा भी हो और पाठक के लिए एक सुंदर संदेश भी हो तो ऐसा शब्द कौशल्य मधु दीदी के लेखन में सहज ही प्राप्य है। एक सशक्त, प्रभावशाली और ध्वन्यात्मक लघु कहानी के लिए एकनिष्ठ ध्यान और जीवन को सुसंस्कृत और परिष्कृत करने की भावना आवश्यक है और जिसमें मधु दीदी को महारथ हासिल है। अमेरिकी लेखिका लहरी का तो कहना है ''लघु कहानी एक प्रेम प्रसंग है'' आज की आपाधापी भरे समय में जब हर कोई भाग रहा है सबके पास वक्त की कमी है तब ये लघु कहानियाँ प्रेम प्रसंग की तरह हमें ऊर्जस्वित कर जाती है।

ये लघु कहानियाँ इसलिए भी मानीखेज हो जाती हैं क्योंकि ये कहानियां बरसों के अनुभवों की भट्टी में तपकर निकली निखालिस सोने की तरह हैं, इनको रचने वाले हाथों ने कितनी ही अनगढ़ मिट्टी को एक सुनिश्चित और सुंदर आकार दिया है इन कहानियों को उसने लिखा है जिनकी पारखी नजर ने कितने ही वसंत कितने पतझर को करीब से देखा परखा है। हममें से आज कितने हैं जो जीवन को नये दृष्टिकोण से देखना चाहते हैं तो इनके लिए यह संग्रह बहुत मददगार साबित होगा। इन कहानियों में सामाजिक यथार्थ से अधिक मानव हृदय की सम्वेदना पर जोर दिया है। इन कहानियों में सृजनात्मक शक्ति है, एक अबूझ मोहकता है, स्पर्श की कोमलता है, एक निश्छलता है, सम्बन्धों की उष्मा है जो पाठक को अपने मोहपाश में बाँध लेतीं हैं।

निश्चय ही यह संग्रह पाठकों पर अपना असर छोड़ने की ताकत रखता है क्योंकि इन कहानियों के सृजन का बीजांकुर अपने समाज से ही लिया गया है। इन कहानियों की धुरी करुणा है, ममता है, समाज में बिष बेल की तरह फैल रही क्षुद्रता को समूल नष्ट करने की प्रतिज्ञा है। शब्द चाहे उच्चारित किये जाएँ या पन्ने पर अंकित किये जाएँ, सशक्त होते हैं ये शब्द गहरी

मानवीय सम्वेदना को मुखरित करते हैं। कहानीकार के अंतरंगी अनुभव से ही इन कहानियों ने जन्म लिया है और जिन्हें पढ़कर नतीजतन पाठक हृदयग्राही चेतना महसूस करता है और यही चेतना हमें उदात्त और समृद्ध बनाने का माद्दा रखती है।

मैं इस कहानी संग्रह की भूमिका लिखते हुए गौरान्वित महसूस कर रही हूँ, प्रसन्न भी हूँ कि मधु आंधीवाल दीदी ने अपनी इस यात्रा में मुझे भी सहभागी बनाया। उम्मीद करती हूँ कि हमारे समय और हमारे आपके जीवन तट से टकराने वाले लघु कहानियों के इस संग्रह को पाठकों का भरपूर स्नेह मिलेगा। मधु दीदी को भी इस नवोन्मेषी सृजन हेतु हार्दिक बधाई व शुभकामनाएं!

नीता पोरवाल
एक कवयित्री,
कथाकार और अनुवादक

अनुक्रमणिका

1) शोषण — 17
2) अनाथ — 19
3) मगर तुम ना आये — 20
4) इतनी जल्दी क्या थी — 22
5) एक थी सुकन्या — 24
6) बस बहुत हो गया — 25
7) दिल का टुकड़ा — 27
8) बाल आश्रम — 29
9) सहारा — 31
10) मेहंदी की खुशबू — 33
11) एक अनोखी मित्रता — 34
12) बीते दिन — 35
13) कटाक्ष — 36
14) अधूरा प्यार — 37
15) एक तूफान — 39
16) यह भी ज़िन्दगी है — 41
17) होनहार बेटे — 43
18) तलाकनामा — 45
19) कांच की दीवार — 47
20) बन्दिशें — 49
21) कसक — 50
22) जुनून — 52
23) प्रियतमा — 53
24) डरावना सत्य — 55
25) कुछ ख्वाब अधूरे से — 56
26) असीमित खरोंचे — 57
27) मैं हूँ ना — 58
28) समय का पहिया — 59
29) फर्ज — 60
30) अपनापन — 61
31) चाय का ढाबा — 62

32)	हम होंगे कामयाब	63
33)	एक अजनबी दोस्त	64
34)	करवा चौथ	66
35)	लाचार चिड़िया	67
36)	अलविदा	68
37)	जन्म जन्म का साथ	69
38)	पहला प्यार	70
39)	मुक्ति	71
40)	इन्तजार	72
41)	यादें	73
42)	बसन्ती सपने	75
43)	चहकती चिड़िया	77
44)	ज़िन्दगी के रंग	78
45)	अहसान	80
46)	तन्हाई	82
47)	दीदी का प्यार	84
48)	कुछ मार्मिक पल	86
49)	यादगार पल	87
50)	बन्धन पवित्र प्यार का	89
51)	अफसोस	90
52)	सबक	91
53)	अभी तो दिल बच्चा है	92
54)	और एक मां मिल गयी	94
55)	तोहफा	95
56)	होनहार खिलाड़ी	96
57)	कुछ ना कहो	97
58)	लावारिस मां	98
59)	लाल दाग	99
60)	संहार	100
61)	कोरोना गिफ्ट	102
62)	अतीत	104
63)	पगली	106
64)	पाखंडी	107

शोषण

डॉ. मंजरी ने सोच लिया था कि वह अपनी प्रेक्टिस शहर में नहीं करेगी। वह गांव में रह कर समाज सेवा करेगी। डॉ.अशोक शहर के जाने माने सर्जन। वह नहीं चाहते थे कि उनकी स्त्री रोग विशेषज्ञ बेटी अपना हास्पिटल छोड़ कर गांव में रहे।

मंजरी ने गांव में अपना क्लीनिक खोल लिया। धन का कोई अभाव नहीं था। मंजरी गांव में आकर बहुत खुश थी। खुली हवा चारों ओर हरियाली सबसे अधिक उसे मोह लिया गांव की नयी नवेली बहुओं ने। सब बहुत खुश थी कि अब उनकी समस्याओं को सुनने के लिये नयी डॉ. साहब आ गयी। एक दिन वह महिला मरीजों को देख रही थी। उसी समय दरवाजे से दो नवयौवना घूंघट लगाये अन्दर आयी। जब कुछ मरीज कम हुये तब उसने उन दोनों को अन्दर बुलाया। उन्होंने घूंघट हटाया मंजरी ने देखा दोनों ही छोटी उम्र की थी। एक का नाम कमली और दूसरी का नाम लाली था। लाली शायद विधवा थी। उसको देखकर मंजरी दुखी हो गयी उसने पूछा कि किसे दिखाना है कमली ने लाली की ओर इशारा करके कहा ये हमारी देवरानी है देवर एक साल पहले खत्म हो गये। मंजरी ने सोचा कुछ महिला समस्या होगी उसने चेक अप के लिये लिटाया तो वह अचम्भित हो गयी वह गर्भवती थी। उसने कहा कि तुम्हारा पति एक साल पहले खत्म हो गया तो फिर ये कैसे लाली रोने लगी कहने लगी किसी को पता ना चले मेरे घर में ही मेरा शोषण हो रहा है मेरे जेठ और देवर दोनों ने मुझे नारकीय जीवन जीने को मजबूर कर दिया है ये जमींदार लोग हैं मैं एक अनाथ हूँ बस सुन्दरता के कारण पति की जिद से मेरी शादी हुई। अब आप इस अनचाहे बच्चे को गिरा दें। मंजरी ने कमली से पूछा तब वह आँखों में आंसू भर कर बोली डॉ. साहिबा जिन्दा रहना है तो हमें सहना होगा। हम दोनों घर छोड़ कर नहीं जा सकते।

मंजरी सोच रही थी जिस गांव में आकर उसे सुकून मिला आज इन महिलाओं की व्यथा ने उसे व्यथित कर दिया। गांव की महिलाओं को देखकर वह बहुत खुश थी कि

शहर जैसी बनावट दिखावा गांव में नहीं है पर यहाँ तो और अधिक शोषण है। ये अशिक्षित महिला तो आवाज भी नहीं उठा सकती। मंजरी सोच रही थी शहर हो या गांव बस हर चीज के रूप बदल जाते हैं नहीं बदलती इन्सानो की सोच।

नहीं बदलता 'शोषण' का स्वरूप।

अनाथ

रजत गाड़ी से अपने आफिस जाता था। जब से जामुन बाजार में आने शुरू हुये थे, वह एक बच्चे को एक दो कनस्तरों पर कपड़ा बिछा कर बड़े साफ और सुन्दर ढंग से पत्तो की कटोरियों में जामुन बेचते देख रहा था। बड़ा प्यारा छोटा सा बच्चा अपनी ओर आकर्षित करता था। आज उसने ड्राइवर से गाड़ी रुकवाई और उसके पास गया। रजत ने पूछा तुम्हारा क्या नाम है वह बहुत मासूमियत से बोला 'अनाथ' रजत ने कहा ये कैसा नाम है। बच्चे ने कहा बाबूजी मेरा कोई नहीं है पता ना मां बापू को बुखार आया और वह मुझे छोड़ कर चले गये बस्ती में सब लोग मुझे अनाथ बोलते हैं और मुझसे सब दूर से बात करते हैं। रजत बहुत दुखी हुआ उसका भी एक ही जवान बेटा था जो एक दुर्घटना में उन्हें छोड़ कर चला गया था। उन्होंने उसी समय निर्णय किया कि वह इस प्यारे से बच्चे को अनाथ नहीं होने देगें और वह उसे अपने घर ले आये तथा अपने वकील को बुलाकर विधिवत् उस बच्चे को अपना बना लिया।

अब वह अनाथ नहीं था उसका नाम था 'उज्जवल'।

मगर तुम ना आये

भूमि रात में चांदनी रात में चांद को एकटक देख रही थी। सोच रही थी पता ना नकुल कभी सही होगा या नहीं। विगत दिनों की यादें मुलाकातें उसे हर समय बेचैन करती हैं। सोचते सोचते पहुँच जाती है बीते दिनों की यादों में। पापा का ट्रांसफर इस शहर में हुआ था। पूरे परिवार को साथ आना पड़ा क्योंकि भूमि को आगे की पढ़ाई करनी थी। पहले जिस जगह रहते थे वहाँ डिग्री कालिज नहीं थे।

इस शहर में आकर विश्वविद्यालय में ही दाखिला मिल गया। भूमि के सपनों को तो उड़ान ही मिल गयी क्योंकि यहाँ आगे भी बहुत अच्छे कोर्स थे।

आज पहला दिन कालिज जाने का वह आराम से कालिज पहुँची। गेट से भीतर घुसी ही थी देखा जितने नये एडमीशन हैं उनको सीनियर्स ने रोक रखा है। रैगिंग चरम सीमा पर थी। उसको भी रोक लिया पता लगा ये परिचय करने तरीका है। भूमि साधारण परन्तु रूप में असाधारण थी। उतनी ही पढ़ने में जहीन। अचानक एक लड़के ने आकर उससे कहा चलो तुम नृत्य शुरू करो। भूमि ने मना कर दिया बस उस लड़के ने उसका दुपट्टा खींच लिया। वह चीखी क्योंकि उस लड़के ने उसको पकड़ने की कोशिश की थी। उसी समय एक मोटर साइकिल आकर रूकी और उससे उतरा एक बहुत ही स्मार्ट हीरो जैसा लड़का उसका नाम था नकुल। उसने उतरते ही दुपट्टा छीनने वाले लड़के को पकड़ा और दुपट्टा भूमि को दिया और उस लड़के के ऊपर से रैगिंग का भूत उतार दिया। सब ओर एक सन्नाटा छा गया। नकुल ने उस लड़के को भूमि के सामने ले जाकर माफी मांगने को कहा। भूमि बहुत डरी हुई थी। सब नयी छात्रायें भूमि के साथ क्लास में चली गयी।

समय कटता गया कभी कभी नकुल से मुलाकात हो जाती थी। कालिज में ही पता लगा नकुल बहुत अमीर घर का लड़का है। पता ना कब धीरे धीरे नकुल उसकी तरफ आकर्षित होने लगा पर भूमि उससे बचती थी। नकुल उसका सीनियर था पर पढ़ने में भी अव्वल। भूमि के भी पढ़ाई को लेकर ऊंचे सपने थे पर एक दिन दोनों लाइब्रेरी में टकरा ही गये। भूमि

कुछ परेशान थी वह उसके पास गया और उससे बोला क्या मैं मदद कर सकता हूँ। भूमि ने सकुचाते हुये कहा कि कुछ किताबे नहीं मिल रही। नकुल ने कहा चलो मैं देता हूँ बस दोनों की मुलाकाते होती रही। पता ही ना चला कब दोनों बहुत करीब आ गये। दोनों अपनी बातें एक दूसरे से कहते उसी समय एक दुर्घटना हो गयी नकुल गाड़ी से रात को घर जा रहा था कि एक ट्रक से गाड़ी टकरा गयी। नकुल के सर में बहुत चोट थी तुरन्त अस्पताल लाया गया। नकुल बेहोश था। सब होश में आने का इन्तजार करते रहे। भूमि तो किसी से कुछ बोल ही नहीं सकती थी बस अस्पताल जाती और बाहर से देख कर आजाती। नकुल के सिर में गम्भीर चोट थी वह ऐसा बेहोश हुआ कि होश में ही नहीं आया और डाक्टर ने कह दिया कि कौमा में है कुछ पता नहीं होश आयेगा भी या नहीं।

भूमि चांद को देख रही थी कहीं दूर गाना बज रहा था 'चांद फिर निकला मगर तुम ना आये'।

इतनी जल्दी क्या थी

रमेश जी अपने छोटे से बगीचे में कुर्सी डाल कर चुपचाप दूसरी खाली कुर्सी की ओर एक टक देख रहे थे। अभी हफ्ता भर पहले ही तो वह यहाँ बैठी गुस्से में बड़बड़ा रही थी। सुमि उनकी अर्द्धांगिनी। उनके सुख दुख की साथी। सुमि उनकी बहुत चिन्ता करती थी। वह हार्ट के मरीज थे। जब से कोरोना आपदा आई सुमि बहुत अवसाद में आ गयी थी। हमेशा कहती देखो तुम संभल कर रहो यदि हम दोनों को कुछ हो गया तब बच्चे कैसे करेंगे। लाक डाउन लगा है। अस्पताल में जगह नहीं मिल रही।

रमेश जी थे मस्त मौला आदमी वह हमेशा हंसी में टालते रहते। सुमि इसी बात पर झल्ला जाती थी और बस गुस्सा होकर अपनी बगिया में बैठ जाती। शुरू से ही उसकी आदत थी। जब बच्चे बड़े होने लगे तब गुस्सा आता तो बच्चों से कहती जब तुम्हारी गृहस्थी होगी तब तुमको पता लगेगा जिम्मेदारी क्या होती हैं।

अभी 15 दिन पहले ही तो पता नहीं कमरे में अकेली अलमारी खोल कर सब कुछ सहेज रही थी। पूछा तो बोली कुछ नहीं सब सही करा है जिससे बहू और बेटियों को परेशानी ना हो। रमेश जी ने बस जरा छेड़ दिया तुम इस कोरोना में क्या तीर्थ यात्रा पर जा रही हो। सुमि एकदम बोली हां लम्बी यात्रा पर अकेली। रमेश जी को क्या पता उसके मुंह से निकला ये शब्द यथार्थ में बदल जायेगा। उसी समय पोती ने आकर कहा दादू अन्दर चलो ना मां और दोनों बुआ रो रही हैं। रमेश जी अपनी भीगी आँखों को लिये अन्दर पहुँचे देखा सुमि की एक छोटी सी सन्दूकची लेकर तीनों बैठी हैं। उसमें सुमि की डायरी ये किसी को नहीं पता था कब लिखती थी और कुछ पत्र जो शायद रमेश जी ने सुमि को शादी के बाद जब वह अपने मायके परीक्षा देने चली गयी थी तब लिखे थे और एक जोड़ी पाजेब रखी थी। बड़ी बेटी डायरी पढ़ रही थी और रो रही थी। लिखा था मैं आज तक तुमसे ऐसे बंधी हूँ कि तुम मेरे बिना कैसे रहोगे और ये सोच कर भी भयभीत हूँ। बहुत बातें मैंने डायरी में लिखी हैं। देखो आजतक ये नकली पाजेब मैं सम्भाले

रही जो तुमने मुझे पहले मिलन की रात में दी क्योंकि तुम्हारे पास इतने पैसे नहीं थे कि चांदी की खरीद पाते क्योंकि घर में सब कुछ तुम्हारे बड़े भाई के हाथ में था पर कुछ भी हो मैं तो इसमें ही खुश थी और देखो ये प्रेम पत्र कम उपदेश पत्र अधिक थे क्योंकि मुझे आगे पढ़ना था जिससे मैं निर्भर हो सकूं और तुम्हारा सहारा बनूं। अब सब सही है मैंने तुम्हारी सारी जिम्मेदारी पूरी कर दी। बच्चों को परेशान मत करना। मुझे कुछ महसूस हो रहा है कि मेरा अन्तहीन यात्रा पर निकलने का समय आ गया है और सुमि चली गयी।

बस ये सुनकर रमेश जी बच्चों की तरह सुबकने लगे। बड़ी बेटी उठी और बोली पापा आप बिलकुल चुप हो जाइये। मां आपको हमारे लिये उपहार देकर गयी हैं क्योंकि जब हम पर गुस्सा होती तब कहती थी जब गृहस्थी संभालोगी तब पता लगेगा जिम्मेदारी क्या होती है। रमेश जी ने सबको गले लगा लिया और बोले सुमि इतनी जल्दी क्या थी तुम्हें जो धोखा देकर चली गयी।

एक थी सुकन्या

नाम था सुकन्या प्यारी सी चहकती रहती थी। घर में सब भाई बहनों में छोटी थी लाडली भी बहुत। सुकन्यासोचती अगर मेरे पंख होते तो आसमान में इन चिड़ियाओं की तरह उड़ती रहती। मां कहती कब जायेगा तेरा ये बचपना। कुछ घर का काम भी सीख ले। दादी की लाडली को कहां परवाह किसी की आकर दादी के पल्लू में मुंह छिपा कर हंसने लगती।

युवावस्था में कब प्यार हो गया वह भी गांव के मोहित से। दोनों साथ पढ़ते थे। मोहित अच्छे परिवार का लड़का था। घर वालों को पता चला तो भाईयों ने समझाया परिवार सही है पर तुम उस परिवेश में कैसे रहोगी। सुकन्या बोली भाई मोहित हमेशा तो गांव में नहीं रहेगा और मैं अपने को भी बदलने की कोशिश करूँगीं।

उसकी जिद के आगे परिवार को झुकना पड़ा। मोहित के घर वाले तो पहले से ही राजी थे। सुकन्या शादी होकर गांव पहुँची, शहर की लड़की को देखने सब उत्सुक। सब रीति रिवाज सम्पन्न हो गयी। आज बहू को पहली बार रसोई में जाना था। कुछ जगह बहू से रोटी बनबाई जाती है और घर के सब बुजुर्ग रोटी खाकर उसे कुछ उपहार देते हैं। सुकन्या की सास ने कहा बेटा तुम बस हाथ लगा देना तुम से शायद नहीं बन पायेगी। सुकन्या ने कहा मां आप अब मेरी भी मां हो जब आप मेरी इतनी चिन्ता कर रही हैं तो मैं कोशिश करती हूँ। सुकन्या जब कमरे से बाहर आई सब दंग थे खासकर मोहित मार्डन ड्रेस वाली सुकन्या सीधे पल्लू की साड़ी सर ढका हुआ बड़े सकून से सास के साथ रसोई में आई। चूल्हे पर उसे दिक्कत आई पर सास ने सहायता की पहली रोटी जब फूली तो उसका चेहरा हंसी से दमक रहा था। सोच कर खुश हो रही थी कि अब मैं मोहित और अपने इस परिवार को खुश रख पाऊंगी। धन्यवाद दादी जब आप रोज एक रोटी मुझसे बनबाती थी और मां को पता भी नहीं लगता था क्योंकि खेल खेल में एक रोटी बनाना मेरी ट्रेनिंग थी और वह मन्द मन्द मुस्कराती रही।

बस बहुत हो गया

आज सुनीता बहुत खुश थी क्योंकि कल उसके इकलौते बेटे संचित की शादी थी। वह तो भाग भाग कर सबको बता रही थी कि सबको बहू प्राची का स्वागत किस तरह करना है। उसके पति मोहन लाल उसकी प्रसन्नता को महसूस कर रहे थे। वह रात को सब इन्तजाम और मेहमानों के आराम की व्यवस्था करके अपने कमरे में आई। बहुत थकी हुई थी। मोहन लाल ने कहा तुम आराम करो अभी बहुत काम करना है। सुनीता बोली हां अभी एक जरूरी काम रह गया वह आप करोगे वह है दोनों बच्चों के मिलन की प्रथम रात्रि के लिए अच्छे होटल में व्यवस्था। कल सुबह सबसे पहले कमरा बुक कराना और दूसरे दिन उसकी बहुत सुन्दर सजावट और यह कह कर वह अपनी बीती हुई ज़िन्दगी के उन पन्नों को खगालने लगी जो दर्द भरे थे।

सुनीता की शादी छोटी उम्र में हुई। पति की उम्र भी अधिक नहीं थी। सुनीता शहर में पली थी। ससुराल छोटे कस्बे में थी। घर में कोई अधिक शिक्षित नहीं था सिवा पति के क्योंकि वह शहर में पढ़े थे और वहीं सर्विस करते थे। बहुत मधुर सपने लेकर ससुराल पहुँची। कार से उतर भी नहीं पाई थी कि पति से छोटी ननद एक दम बोलीं अरे मुंह खोल कर आई हो घूंघट करो वह एकदम सकपका गयी मायके में बहुत लाडली और बिन्दास जीने वाली लड़की। उसके बाद गृह प्रवेश हुआ। बक्सा खोलने की रस्म होनी थी। सबकी साड़ियों पर नाम की चिट लगा कर रखी थी पर ननदों को तो उसकी साड़ियां पसंद आई जिनको उसके भाई बड़े प्यार से उसके लिये लाये थे। वह मन ही मन डर गयी थी। आँखों में चुपचाप आंसू लिये घूंघट में से देख रही थी। वह बस अपने प्रियतम से मिलने की प्रतीक्षा में थी कि कैसे भी उनसे मिल कर अपना मन हल्का करे। जैसे जैसे रात होने लगी बड़ी ननद और बुआ सास ने फरमान जारी कर दिया की अभी पांच दिन तक ये सबके पास सोयेगी जब तक पूजा ना हो जाये।

मोहन लाल ने देखा रात के 2 बजे हैं पर सुनीता जगी हुई विचारों में खोई हुई है। वह बोले सो जाओ कल बहुत काम

है। सुबह से ही घर में बहुत चहल पहल थी। आज का दिन बहुत हर्षदायक था उसके लिये बस कल उसके घर की रौनक आ जायेगी।

फेरे हो गये थे विदा होकर प्राची घर आ गयी। बस उसकी दोनों ननद शुरू हो गयी कि अरे पल्लू सर पर नहीं है। वह फिर भी चुप रही। जब रात को उसने होटल भेजने का इन्तजाम किया तब ही सब कहने लगी कि जरा भी शर्म नहीं रही थोड़ा तो बड़े लोगों का लिहाज करो। बस सुनीता एक दम चिल्ला पड़ी 'बस बहुत हो गया' मेरी बहू वह सब नहीं झेलेगी जो मैंने झेला था।

दिल का टुकड़ा

रमिया आज बहुत थक कर सब जिम्मेदारी से मुक्त होकर बैठ गयी। एक बहुत बड़ा बोझ मालकिन उसके ऊपर डाल कर चिरनिन्द्रा में सो गयी। रमिया का पिता हरिया ठाकुर की हवेली में काम करता था। रमिया भी हवेली में छोटे ठाकुर शिव प्रताप सिंह के साथ खेल कूद कर बड़ी हुई थी। रमिया ने भी बचपन छोड़ कर युवावस्था में पैर रखा। रमिया देखने में बहुत सुन्दर ना थी पर उसकी मुस्कान हमेशा उसके चेहरे पर रहती थी। रमिया के बापू ने उसकी शादी तय करदी। ठकुराइन ने बहुत समझाया कि अभी छोटी है पर हरिया ने कहा ठकुराइन हम गरीब लोगों पर बेटी बोझ होती है। जितनी जल्दी हो इसे उतार देना चाहिए। रमिया शादी होकर ससुराल चली गयी। इधर छोटे ठाकुर बाहर पढ़ने चले गये। जब वह शिक्षा पूरी करके आये तो उनकी शादी की भी बात शुरु हो गयी और उनकी शादी भी एक उच्च धनवान परिवार की शिक्षित मानवी से हो गयी। मानवी बहुत ही सुलझी संस्कारवान थी। जब भी रमिया आती मानवी के पास मिलकर जाती क्योंकि ठाकुर हवेली में उसे मानवी के साथ साथ बड़ी ठकुराइन से बहुत स्नेह मिला था। भाग्य की बिडम्बना रमिया का पति मजदूरी करता था जिस बिल्डिंग के निर्माण में सब मजदूर लग रहे थे उसकी छत का बहुत बड़ा हिस्सा गिर गया और वह दब कर मर गया। लौट कर रमिया फिर ठाकुर हवेली आ गयी।

अब तो मानवी उसे और अधिक स्नेह करने लगी। रमिया भी मानवी का बहुत ध्यान रखती क्योंकि मानवी मां बनने वाली थी। रमिया बच्चे के आगमन का एक एक दिन गिन रही थी। समय पर मानवी ने बहुत सुन्दर कन्या को जन्म दिया। बच्ची का सारा काम रमिया ही करती थी। बच्ची भी रमिया के पास ही आकर खुश रहती थी। एक दिन छोटे ठाकुर और मानवी कहीं जा रहे थे उनकी गाड़ी का एक्सीडेंट हो गया। जब तक हवेली से सब पहुँचे मानवी बस बार बार होश में आती अपनी बच्ची को पुकारती बच्ची जो रमिया के पास थी। जब रमिया उसे लेकर मानवी के पास आई उसने आंख खोलीं और रमिया के हाथ में बच्ची को देकर कहा आज से पूरी जिम्मेदारी तुम्हारी है और दुनिया से विदा हो गयी उधर छोटे ठाकुर भी

प्रस्थान कर गये। बड़े ठाकुर और ठकुराइन भी बहुत बुजुर्ग हो गये थे। अब बच्ची और बड़े ठाकुर और ठकुराइन की जिम्मेदारी भी रमिया के कन्धों पर आ गयी। अब बच्ची जिसका नाम मानवी ने प्यार से परी रखा था। परी धीरे धीरे बड़ी हो रही थी। बड़े ठाकुर अन्दर से बिलकुल टूट गये थे और एक दिन वह सोये तो सोते रह गये। अब बस परी, बड़ी ठकुराइन और दोनों की देख भाल करने के लिये रह गयी रमिया।

आज परी की शादी थी बड़ी ठकुराइन ने रमिया से कहा रमिया अब हम दोनों भी इसकी शादी करके फ्री होजाते हैं। मेरा भी कोई पता नहीं कब अन्त समय आजाये। परी की विदाई के बाद रमिया वहीं बैठ गयी और मुसकराती रही मन ही मन छोटे ठाकुर और मानवी से बात करती रही छोटी ठकुराइन मैंने आपसे किया वायदा मैंने पूरा किया। वह आपके दिल का ही टुकड़ा नहीं थी। वह तो मेरी जान हो गयी थी। आज मैंने दिल के टुकड़े को किसी को देदिया ईश्वर उसे लम्बी आयु दे।

बाल आश्रम

पूनम एक शिक्षित महिला थी। उसकी बिलकुल इच्छा नहीं थी कि वह अपनी शादी करे पर हमारे यहाँ बेटी के मां-बाप को लगता है कि बिना कन्यादान करे शायद उनका उद्धार नहीं। पूनम की हार्दिक इच्छा थी कि वह नौकरी करे और बेसहारा गरीब लोगों की मदद कर सके। वह लगातार नौकरी का प्रयास कर रही थी पर उसकी मां माया और पापा सुनील जी भी उसकी शादी का प्रयास कर रहे थे।

आज पूनम बहुत खुश थी उसका चयन शिक्षा विभाग में हो गया। इधर शादी के लिये सुनील जी को भी उसके लिये धनाढ्य परिवार का रोहित पसंद आ गया। धनी परिवार था देखने में भी बहुत सुन्दर था रोहित। बात चली और पूनम भी उन लोगों को पसंद आ गयी। पूनम की नौकरी से किसी को आपत्ति नहीं थी। ससुराल आकर पूनम ने देखा घर के सब सदस्य बहुत ही सरल और सज्जन थे। रोहित भी पूनम जैसी पत्नी पाकर बहुत खुश था।

एक दिन दोनों कहीं से आ रहे थे। गाड़ी सिग्नल पर रूकी हुई थी। उसी समय कुछ बच्चे मैले कुचेले कपड़े पहन कर हाथ फैलाये भीख मांग रहे थे। पूनम ने खिड़की खोल कर पूछा तुम भीख क्यों मांग रहे हो। बच्चे सुबकने लगे और बोले हमारी बस्ती में और भी बच्चे हैं जिनके मां बाप इस कोरोना की भेंट चढ़ गये हैं। हमारे पास खाने को भी नहीं है।

पूनम ने रोहित से कहा हम इनके लिये क्या कुछ कर सकते हैं। रोहित ने कहा थोड़ा समय दो चलो आज इनकी बस्ती में देख कर आते हैं। वहाँ जो बच्चे अनाथ हो गये थे उनकी हालत बहुत दयनीय थी। रोहित ने तुरन्त खाने आदि की व्यवस्था करा दी।

10 दिन बाद रोहित ने कहा पूनम आज एक जरूरी काम से मेरे साथ चलना है। पूनम ने कहा कहां चलना है। रोहित ने कहा बताना जरूरी नहीं। पूनम साथ गाड़ी में बैठ गयी। कुछ देर बाद गाड़ी एक छोटे से स्कूल नुमा बिल्डिंग के सामने रुकी उस पर बोर्ड लगा था 'बाल आश्रम'।

वह अचम्भित हो गयी भीतर जाकर देखा तो वह खुशी से झूम उठी क्योंकि उस दिन वाले बच्चे आकर पूनम से लिपट गये। आज वह सब बहुत साफ सुथरे और खुश नजर आ रहे थे। पूनम को रोहित पर बहुत प्यार आरहा था।

सहारा

गरीबी शायद लड़की के मां बाप को अभिशाप होती है पर अमीरों के लिये वरदान हो जाती है। रानू और शानू दोनों गरीब परिवार की बेटी आपस में पड़ोसी होने के साथ बहुत घनिष्ठ सहेलियां थी। दोनों निहायत खूबसूरत व पढ़ने में भी होशियार। हाईस्कूल के बाद दोनों नहीं पढ़ पाई क्योंकि मां बाप के पास इतना पैसा नहीं था। दोनों के पिता मजदूरी करते थे। रानू शानू दोनों मस्त क्योंकि वह घर के हालातों को अच्छी तरह समझती थी। उन्होंने अपने आपको और कामों में निपुण करना शुरू कर दिया।

दोनों गाती और नाचती इतना सुन्दर थी कि दूसरों का मन मोह लें। एक शादी के गीत कार्यक्रम में दोनों गा रही थी उसी समय गांव के जर्मींदार के दोनों सिरफिरे बेटों की नजर इन पर पड़ी बस हो गये फिदा। जर्मींदार को उनकी पसंद बिलकुल गले नहीं उतर रही थी क्योंकि रानू शानू का परिवार उनके स्तर से बहुत निम्न था पर बेटों की जिद के आगे एक ना चली और रानू शानू के मां बाप तो बोलने की स्थिति में नहीं थे। दोनों शादी होकर आ गयी जर्मींदार की हवेली और उड़ती हुई चिड़ियाओं के पंख बांध दिये। जर्मींदार का हुक्म हो गया गाना बजाना हमारे घरो की बहुओं को शोभा नहीं देता। दोनों बेचारी छत पर दोपहर को जब सब आराम करते तब चली जाती और अपने मन के दर्द को बांट लेती। छत पर भी पूरा पर्दा रहता जिससे आसपास कोई देख ना पाये।

एक दिन दोनों धीरे धीरे गा रही थी पड़ोस की काकी ने उनकी स्वर लहरी सुनी और छत पर झांक कर देखा दोनों अपने में मगन होकर सुर से सुर मिला रही थी। बस काकी किसी सेन्टर पर मिडवाइफ का काम करती थी उनके पास मोबाइल था और उन्होंने उनकी आवाज टेप करली। वह दोनों सकपका गयी और डर गयी। काकी ने कहा तुम डरो नहीं मैं रोज तुम्हारे गाने टेप करूँगी तुम्हारे हुनर को सबके सामने लाऊंगी। धीरे धीरे उनके गाने वायरल होने लगे और बजने लगे तब काकी ने उनके घर वालों को सुनाये। जर्मींदार साहब तो विश्वास ही नहीं कर पाये और उन्होंने दोनों सब बन्दिशों

से मुक्त कर दिया। उनके गाने बिकने लगे। दोनों आज बहुत खुश थी छत पर काकी के साथ गुफ्तगू करके काकी को बहुत आभार जता रही थी।

कभी कभी किसी का जरा सा सहारा ज़िन्दगी बदल देता है।

मेहंदी की खुशबू

तनु कहां है बिटिया तनु के बापू ने आवाज दी पर तनु तो अपने ख्यालों में ही दूसरी दुनियां में खोई थी। अभी कुछ महीने पहले ही तो उसकी शादी हुई थी। वह तो अपने रवि के साथ स्वप्न लोक में ही विचरण कर रही थी। रवि सेना में अधिकारी था और अचानक ही उसकी छुट्टियों को रद्द कर दिया गया। तनु तो सोच रही थी कि अब सावन आने वाला है और पति का साथ तो इस सावन को अधिक हरा भरा कर देगा पर अचानक उसका जाना तनु को विचलित कर गया।

सावन महीने में सभी लड़कियां मायके आ जाती हैं और तनु का तो पहला ही सावन था। जब बापू ने दोबारा आवाज दी तो वह चौंक गयी। बोली बापू में अन्दर हूँ। वह बाहर आई देखा उसके बचपन की दोनों सहेलियां रानू और श्यामा बाहर खड़ी हैं। उनकी शादी पहले हो चुकी थी। दोनों सहेलियां उसकी मनोदशा समझ गयी। दोनों बोली कल हरियाली तीज हैं। चलो आज मेहंदी लगवाते हैं। दूसरे दिन सबने पूरा श्रंगार किया सब सहेलियां बहुत खुश थी। तनु बहुत ही सुन्दर लग रही थी। बाग में सब इकट्ठी थी। तनु को सबने पकड़ कर झूले पर बिठा दिया और सबने जिद पकड़ ली कि गाना गाओ।

तनु ने पहले तो मना किया पर सबके जिद करने पर मन का दर्द आवाज में झलक गया।

‘‘सावन के झूले पड़े हैं, तुम चले आओ तुम चले आओ, आंचल उड़े हैं पिया, पागल हुई है पवन’’

सब तरफ सन्नाटा छा गया और उसी समय किसी ने पीछे से झूला रोक कर उसकी आंखे बन्द करदी। रवि की आवाज सुनाई दी लो मैं आ गया तनु झूले से उतर कर उसके आगोश में समा गयी। रवि ने कहा चलो घर बस दो दिन के लिये तुम्हारी मेहंदी की खुशबू खींच लाई है मुझे वापिस फिर ड्यूटी पर जाना है।

एक अनोखी मित्रता

मित्रता दिवस आया चला गया पर नहीं गया मेरा इन्तजार। प्रतिदिन मैं फोन लगाती हूँ पर फोन नहीं उठता। सब सोचते हैं मित्रता केवल शिक्षित और पैसे वालों में ही या स्कूल कालिज में पढ़ने वालों में ही होती है। नहीं वह भी अच्छे मित्र बन जाते हैं जो आपके यहाँ प्रतिदिन आपका घर का कार्य करके आपकी मदद करते हैं। श्यामा मेरे यहाँ 10 साल से काम में मेरी मदद करती थी।

बहुत ही हिम्मत वाली महिला मैं सबसे उसकी मिसाल देती थी। चार बेटियों का लालन पालन और शादी करना उसके बाद पूरी रीति रिवाज निभाना। तकदीर से पति निकम्मा और ऊपर से शराबी।

कोरोना की दूसरी लहर अधिक ही कहर ढा रही थी। मैंने सुरक्षा की दृष्टि से उसको काम पर ना आने की बोल दिया क्योंकि अपनी सुरक्षा के साथ साथ उसकी सुरक्षा भी करनी थी। मैं बीच में उसे फोन कर उसका हाल चाल पूछती रही क्योंकि मुझे पता था कि उसे पैसों की भी जरूरत होगी। एक दिन उसने कहा दीदी राजपाल उसका पति गांव गया था दस दिन बाद आया है पर उसे बुखार है। मैंने कह दिया अभी तुम मत आना। प्रतिदिन मरीजों की संख्या बढ़ती जा रही थी और मरने वालों की भी। दस दिन बाद फिर फोन किया तब उने बताया राजपाल सही है पर उसे बुखार आ गया है। अस्पतालों में जगह नहीं मरीजों की देखभाल नहीं हो रही थी। मेरी चिन्ता भी बढ़ रही थी उसको लेकर। एक दिन फिर फोन किया उसने बहुत मुश्किल से कहा कि वह अपने गांव आ गयी है और दीदी यहाँ बहुत लोग मर रहे हैं।

बस उसके बाद आज दो महीने होने को आ गये उसका कोई अता पता नहीं। प्रतिदिन फोन लगाती हूँ नहीं मिलता। एक मेरी अच्छी दोस्त और हितैषी पता नहीं इस आपदा में कहां गुम हो गयी। मेरी एक एक बात का ख्याल रखती थी।

अब बताइये यह मित्रता नहीं है 10 मेरे हर सुख दुख में मेरे साथ रही है।

बीते दिन

सावन का महीना मैं बाहर अपनी छोटी सी बगियां में बैठी सोच रही थी अपनी शादी के बाद का पहला सावन। नयी शादी हां दो महीने पहले ही तो हुई थी। अब के समय और हमारे समय में बहुत अन्तर था। गज भर लम्बा घूंघट कुछ दिखाई भी ना दे और चलते में पैर उलझ जाये तो पटकनी खाओ और फिर सास ननद की डांट भी खाओ। दो दिन बाद हरियाली तीजें थी। मां ने खबर भेजी मुझे मायके बुलाने की पर सासु जी मना कर दिया विदा के लिये। उम्र भी अधिक नहीं थी पर हमारी जिद यहाँ कौन सुनता। पति भी कुछ नहीं कह पाते थे। रह रह कर मायके की याद आ रही थी। सहेलियों के साथ झूला झूलना मेहंदी लगाना और सबसे अधिक मेला जाना और चाट खाना और शरारते करना। किसी तरीके से इनसे कहा कि और कुछ नहीं तुम ही कुछ करो येभी सुन कर चले गये।

नीचे से सासु जी की आवाज आई बहू नीचे आओ मैं नीचे पहुँची देखा एक महिला बैठी हैं उनके सामने बैठने का इशारा किया मैंने देखा उन्होंने मेहंदी निकाली और मेरे दोनों हाथों पर बहुत सुन्दर डिजाइन बना दी। उसके बाद रात हो गयी सुबह दूसरे दिन पूजा होनी थी। सासु जी मेरे कमरे में आई और बोली ये तुम्हारी साड़ी और चूड़ी बिछिया हैं तैयार होकर नीचे आओ श्रृंगार करके आना मेरे को तो कुछ समझ नहीं आ रहा था। जब नीचे पहुँची तो सब पास पड़ोस की बहुये थी सबने मुझे बहुत प्यार किया सासु जी बोली अब भी मायके की याद आ रही है क्या अरे, तुम्हारा पहला सावन है मेरे बेटे से दूर होकर मायके में मनाती। मैं एकदम से उनसे लिपट गयी मां शायद इन दो महीने में मैं आपको समझ नहीं पाई।

आज सासु जी नहीं हैं बल्कि मैं खुद सास हूँ पर शायद ना पहले जैसे त्यौहार हैं और ना किसी पर समय सब कुछ बस हम एक कठपुतली की तरह निभा रहें हैं। काश यह यादों वाली वास्तविकता दोबारा जीवन्त हो जाये।

कटाक्ष

छोटी छोटी बातें कभी कभी दिल में हलचल मचाती रहती हैं जिनको समझ नहीं आता किससे कहें कैसे कहें। मैं तो उम्र के ढलान के मोड़ पर आ गयी पर अब भी वह बातें पीछा नहीं छोड़ती। कहीं दिल के किसी कोने में भरी रहती हैं। मैं सयुंक्त परिवार की सबसे छोटी बेटी और संयुक्त ससुराल में पहुंची। बस अन्तर इतना था की वहाँ मंझली थी। एक अन्तर तो बहुत बड़ा था मैं शहर के माहौल में पली थी और ससुराल थोड़ा ग्रामीण परिवेश में था। अपनी शादी भी क्या शादी थी बालिका वधू हां यही नाम उचित रहेगा। शादी होकर पहुँच गये ससुराल वहाँ का माहौल तो गले नहीं उतर पारहा था। घूंघट प्रथा पर उससे लाभ ये कि मेरे आंसू किसी को दिखाई नहीं देते थे।

अब आती हूँ असली बात पर मेरी शादी शुदा ननदें और घर की बड़ी बहू उनकी निगाह बस मेरे सामान पर और मेरी आलोचना कैसे की जाये उस पर ध्यान रहता। मेरे बक्से की बहुत सी साड़ी व मेरे निजी वस्त्र तक धीरे धीरे सबने बांट लिये मैं तो बोल ही नहीं सकती थी।

जब विदा होकर मायके आई तो बड़ी भाभी की गोद में सर छुपा कर बहुत रोई वह भी रोने लगी उनकी बहुत लाडली ननद थी। जब मां , काकी , दीदी सबको पता लगी सब दुखी हुये आज जैसा समय तो था नहीं कि अगर नहीं निभे तो अलग हो जाओ और यदि अधिक बात बढ जाये तो तलाक हो जाये। सबने समझाया तुम्हें सब सामान दिलवा देंगे पर तुम कुछ मत कहना। बस इन्ही बातों को अपने दिमाग में उतार लिया। अब तो अपने बच्चो के भी बच्चे हैं पर अभी कुछ दिन पहले एक शादी में सबका मिलना हुआ हमारी आदरणीया जिठानी जी अपनी बहु की गाथा सुनाने लगी मैंने कहा दीदी गलत सब ही नहीं होते हमको अपनी तरफ भी देखना चाहिये। पहली बार मैंने उनसे कहा कटाक्षों की भी सीमा होती है। मुझे अपने साथ बीती सारी बात याद आने लगी और आने लगी शादी की अपने प्राण प्रिय सामान की जो मेरे भाईयों चुन चुन कर मुझे दिये थे।

अधूरा प्यार

सावन का महीना आते ही मायके की याद तो आ ही जाती है। मां का घर हर बेटी के लिये किसी जन्नत से कम नहीं होता। वहाँ आकर तो बीता हुआ बचपन अल्हड़पन सब लौट आता है। खासकर कुछ ही दिन पहले शादी हुई हो।

नमिता की शादी का पहला सावन था। कल ही उसका भाई अमित उसे बुला कर लाया था। नमिता शादी के कुछ समय पहले ही कुछ सुस्त रहने लगी थी। उसकी दो भाभियां थी दोनों उसकी सहेली की तरह। दोनों ने बहुत पूछा पर उसने कुछ नहीं बताया। शादी की सारी रस्में बहुत शान्ति से कठपुतली की तरह निभाती गयी।

आज भी मुस्कराहट में पहले जैसी कशिश नहीं थी।

नमिता के घर के पास पार्क था। सावन के महीने में वहीं सब सहेलियों का जमघट रहता। नमिता की सहेली रूही का भाई पल्लव अपनी खिड़की में पढ़ता हुआ दिखाई देता था। मैडीकल की पढ़ाई उसे अपने आप में व्यस्त रखती थी। नमिता उसे देखती रहती थी। वह था ही इतना हैन्डसम। एक दिन सारी सहेलियां झूला झूल रही थी। एक एक करके सबका नम्बर आरहा था। जब नमिता का नम्बर आया तो वह खुशी खुशी जाने लगी। झूले पर बैठ कर झूलते ही पता ना कैसे उसे चक्कर आया और वह ऊपर से गिर पड़ी लड़कियों की चीख पुकार मचने लगी। पल्लव ने देखा वह फौरन उतर कर आया और नमिता को देखा वह बेहोश हो चुकी थी। पल्लव उसे उठा कर उसके घर लाया। पानी के छींटे डाले बड़ी मुश्किल से आंखे खोली। उसे चोट अधिक नहीं आई थी बस डर से बेहोश हो गयी थी।

पल्लव ने पूछा अब सही हो नमिता ने आंखे नीचे करके कहा हां। पल्लव ने उसका चेहरा उठा कर पूछा कहीं दर्द हो तो बता देना। वह जवाब ना देकर अपलक उसका चेहरा निहारने लगी। शायद यह प्यार की दस्तक थी। बस दोनों एक दूसरे से मिलने को लालियत रहने लगे और उनके प्यार के गवाह थे पार्क का झूला और पार्क के वृक्ष।

वह किसी से कुछ कह पाते कि नमिता के पापा ने उसकी शादी का एलान कर दिया। पल्लव की अभी पढ़ाई पूरी नहीं हुई थी। आखिरी बार दोनों मिले और नमिता इसी झूले पर पल्लव के कांधे पर सर रख कर रोती रही। पल्लव आँखों में आंसू लाकर बोला जाओ नमिता ये हमारा आखिरी मिलन था। हमारे अधूरे प्यार का गवाह यह झूला रहेगा।

नमिता डबडबाई आँखों से उस झूले का निहार रही थी क्योंकि उसका अधूरा प्यार सब कुछ भुलाने के लिये देश की सीमा पार कर विदेश चला गया।

एक तूफान

सीमा जब से कालिज से आई चुपचाप खिड़की के पास बैठ गयी। कालिज में भी बहुत बेचैन थी पर एक डिग्री कालिज की प्रिंसीपल की बहुत जिम्मेदारी होती हैं पूरे दिन किसी को महसूस नहीं होने दिया। अब भी वह अपने को बहुत सम्भालने की कोशिश कर रही थी क्योंकि मेघना के आने का समय हो गया था और वह नहीं चाहती थी कि वह अपनी मां को बेचैन देखे।

आज अचानक 20 साल बाद अनुज को देखकर वह अचम्भित हो गयी। अनुज भी उसको देखकर थोड़ा ठिठका जब कालिज कर्मचारी उसका विजिटिंग कार्ड लेकर आया था तब उसने सोचा भी नहीं था कि ये अनुज होगा। अनुज ने जब कहा कि क्या मैं बैठ सकता हूँ तब वह सम्भली और बोली बैठिये। अनुज बोला मैं यहाँ एक एडमीशन के लिये आया हूँ मेरी बेटी है मेरा यहाँ तबादला हुआ है। मैंने उसका फार्म भर दिया है। जब वह जाने लगा तो बोला मुझे तुमसे कुछ बात करनी है। सीमा ने कठोरता से कहा ये कालिज है और कृपया मुझसे मिलने की कोशिश मत करना।

घर आकर पिछली ज़िन्दगी में उलझ गयी। अनुज उसके पड़ोस में रहता था। वह और अनुज एक ही कालिज में पढ़ते थे। दोनों में बहुत अच्छी मित्रता थी। यौवनावस्था आकर्षण तो होना ही था। दोनों की पढ़ाई का आखिरी साल था। दोनाँ में नजदीकियां बढ़ने लगी पर दोनों भूल गये कि जाति अन्तर मिलने नहीं देगा। एक रात सीमा के घर वाले बाहर गये हुये थे। सीमा घर पर अकेली थी। बाहर मौसम बहुत सुहावना था। अनुज किसी काम से सीमा के घर आया दोनों बात कर ही रहे थे कि बारिश शुरू हो गयी अचानक तेज बारिश और तूफान सा आने लगा। सीमा परेशान होने लगी कि सब परिवार कैसे लौटेगा। रात का समय है उसे डर भी लगने लगा। अनुज बोला सीमा मैं तुम्हारे पास ही रुकता हूँ जब ये तूफान थम ना जाये और सब लोग आ ना जाये। इतनी देर में तेज बिजली चमकी और उस आवाज से सीमा डर कर अनुज से लिपट गयी।

ये एक अचानक घटना थी दोनों अपने होश खो बैठे और वह सब कुछ हो गया जो नहीं होना था। सीमा रोने लगी अनुज बिलकुल शान्त रहा। दोनों की परीक्षा समाप्त हो गयी। सीमा उससे मिलने की कोशिश करती पर वह कतराता था। दो महीने बाद सीमा को अन्दर कुछ हलचल महसूस हुई। वह बहुत घबड़ाई जब उसने अपनी बड़ी बहन को सारी बातें बताई उन्होंने पहले तो उसको डांटा फिर डॉ. के पास ले गयी। पता लगा कि गर्भ है मां बाप अपना सर पकड़ कर बैठ गये। जब वह अनुज के घर गये और अनुज और उसके मां बाप से बात की तो वह एक दम से क्रोधित हो गये और अनुज तो साफ मुकर गया। कुछ दिन बाद अनुज का परिवार दूसरे शहर चला गया। सीमा पर सबने बहुत दबाव बनाया कि वह बच्चा गिरा दे पर वह तैयार नहीं हुई। उसने सर्विस के लिये आवेदन किये और वह डिग्री कालिज में प्रवक्ता हो गयी। दूसरे शहर आकर उसने बच्ची को जन्म दिया। सबको पता था कि ये तलाकशुदा है। मेघा को भी शुरू से यही पता था। मेघा को किसी बात की कमी नहीं थी वह मां से बहुत जुड़ी हुई थी। अभी कुछ दिन पहले ही वह प्रिन्सीपल पोस्ट पर नियुक्त हुई थी।

सब सोचने के बाद उसने निर्णय लिया कि वह अनुज से नहीं मिलेगी। बारिश के मौसम का प्यार एक तूफान था जो बारिश के साथ चला गया। अब वह पहले से अधिक दृढ़ दिखाई दे रही थी।

यह भी ज़िन्दगी है

सब कुछ एक चलचित्र की भांति मेरी नजरों से गुजर रहा है। नाजुक सी उमरिया मैं 16 साल और तुम 22 साल के दोनों अल्हड़। पवित्र अग्नि के सामने सात फेरे लेकर घर वालों ने अटूट बन्धन में बांध दिया। जैसे किसी नदी को रोक दिया हो। जैसे एक गुड़िया सहेलियों के साथ गुड्डा गुड़िया खेलते खेलते अचानक बहुत बड़ी हो गयी। खूब रोई बड़ी मां की गोद में सर रख कर वह भी रो रही थी क्योंकि कल तक उनकी छोटी परी थी ना, बड़े प्यार से बालों में तेल लगाती और सारी बातें सिखाती थी। अब उनको भी डर लग रहा था। पता ना ससुराल में कौन रखेगा इसका ध्यान पर ये तो रिवाज है। बहुत से सपने संजो कर पहुँच गयी आपके साथ आपकी ड्योंढ़ी पर। नाजुक सी अपने घर में सबसे छोटी और सबकी लाडली। कार से नीचे पैर भी ना रख पायी झांझर छनकती कि एक तीखी आवाज सुनाई दी अरे ये नयी बहुरिया है सर पर पल्ला भी ना ढको यहाँ ना चलेगो जाको ढंग। मैं अवाक ये कौन सा ढंग है नये घर में किसी के स्वागत का।

मैंने तो आँखों में आंसू लिए कातर निगाहों से तुम्हें देखा पर आप भी असहाय नजर आये। मुझे अपने बड़े भाई की याद आ गयी जरा सी गलती पर मेरी ढाल बन कर खड़े रहते थे। चलो देखते हैं आगे क्या होता है। मेहमानों की भीड़ अन्दर लेकर चली। आपस में कानाफूसी हो रही थी शहर की दुल्हनियां है शर्म हया ना होवे है। मन कर रहा था फूट फूट कर रो लें।

समय गुजरता गया घुट-घुट कर आपसे लड़ते झगड़ते पर आपकी मजबूरी भी हम समझते थे पर आप मेरी भावनाओं को ना समझ पाये। सास, ननद, जेठानी के ताने और कटाक्ष सब को विष की तरह गले से नीचे उतार लेती थी। समय गुजरता गया अब मैं और आप दोनों बहुत परिपक्व हो गये। कभी कभी लगता अब शायद मेरी भावनाओ को समझो। अब बच्चे भी बड़े हो गये। उनकी भी गृहस्थी जमा दी।

आज सब कुछ पास है बच्चे और आप सब मेरा ख्याल रखते हो पर पता नहीं क्यों ज़िन्दगी में कुछ अधूरापन लगता है। ये आपकी कमी नहीं ये सब बीती बातों का बखेड़ा है। चलो अब सब भूल जाये अब बाहों में समाने का समय नहीं अब दोनों को एक दूसरे का ख्याल रखने का समय है। यह भी ज़िन्दगी ही है।

होन्हार बेटे

आज सुरेश जी के घर में बहुत चहल पहल थी कल से ही हलवाई लगा था। रीमा के पास भी खबर आई थी कल ताया जी का श्राद्ध था। सब रिश्तेदारों को बुलाया गया था। रीमा बहुत उदास सी खिड़की में खड़ी थी। सोच रही थी कि मां बच्चों का रिश्ता कितना मधुर होता है पर ताया जी जिन्दा थे तो उनको खाने तक की नहीं पूछते थे और आज उनके नाम पर कितना दिखावा हो रहा है।

रीमा अपने बीते समय में पहुँच गयी। एक एक घटना सजीव उसकी आँखों के सामने आने लगी। रीमा और सिया नरेश जी की प्यारी सी बेटी थी। नरेश जी के बड़े भाई सुरेश जी के तीन लड़के थे अनिल, सुनील और प्रभु। दोनों भाईयों के घर बराबर थे। दोनों भाईयों सुरेश जी और नरेश जी का आपस में बहुत प्यार था। दोनों की पत्नियाँ भी बिलकुल बहनों की तरह रहती थी। रात का खाना दोनों एक दूसरे के घर जाकर ही एक साथ बैठकर खाती थी। पूरी कालोनी में दोनों भाईयों के प्यार का उदाहरण दिया जाता था। सुरेश जी के तीनों बेटे रीमा और सिया से बड़े थे। साथ साथ ही बढ़े हुये। तीनों बेटों की शादी हो गयी। ताई जी बहुत खुश थी कि तीन बहू आ गयी घर में पर तीनों बहू एक से एक अधिक चतुर। अचानक ताई जी का दो दिन के बुखार में ही देहान्त हो गया। सुरेश जी अकेले हो गये। घर में बहुओं का साम्राज्य और बेटे बहुओं के कब्जे में। रीमा की बहन सिया की भी शादी हो गयी और वह अपने पति के साथ विदेश चली गयी। रीमा की भी शादी हो गयी पर रीमा के पति सचिन की सर्विस शहर में ही थी इसलिये वह मां पापा के पास ही रहती थी। घर पास पास थे इसलिये ताया जी पापा के पास आजाते थे बहुत रोते थे। मां पापा ने ताया जी के खाने आदि का इन्तजाम अपने पास ही कर लिया। वह तो ताया जी को बहुत प्यार करती थी। हमेशा दिलासा देती कहती मैं भी तो आपकी ही बेटी हूँ। आप बिलकुल वहाँ मत जाईये।

अचानक कोरोना का कहर फैल गया और रीमा के पापा यानि नरेश जी और उसकी मम्मी दोनों उसकी चपेट में आ गये

तथा सबको छोड़ कर दुनिया से विदा हो गये। रीमा के लिये ये सबसे बड़ा आघात था बहन बाहर थी केवल ताया जी और पतिदेव ही हिम्मत बंधा रहे थे। वह तीनों भाई तो हमेशा बुरा भला कहते क्योंकि उनको डर था कहीं सुरेश जी रीमा के नाम अपनी जायदाद ना करदे। अभी वह इस दुख से उभर ही ना पाई थी कि ताया जी जो अन्दर से अपने छोटे भाई की मौत के कारण बिलकुल टूट गये थे रात को सोये तो उठे ही नहीं। रीमा तो अपने आपको बिलकुल अनाथ समझ रही थी।

सचिन के पुकारने पर वह सचेत हुई सचिन कह रहे थे रीमा चलो थोड़ी देर को ताया जी के श्राद्ध में हो आते हैं सब रिश्तेदार क्या कहेंगे। रीमा वहाँ पहुँची सब तीनों बेटों की बहुत तारीफ कर रहे थे की ऐसे होनहार बेटे देखो मरने के बाद भी बाप का कितना भारी श्राद्ध किया है। रीमा सोच रही थी वाह होनहार बेटों जिन्दा पर तो बाप को भूखा रखते थे पर मरणोपरांत कितना दिखावा।

तलाकनामा

गांव का सबसे धनाढ्य परिवार यानी जर्मींदार परिवार। इस परिवार की बात ही निराली। जर्मींदार साहब मनजीत सिंह जी के सबसे बड़े सुपुत्र राम सिंह जी जिन्हें सब रामू भैया कहते थे। रामू भैया को जर्मींदार साहब ने शहर भेज दिया अध्ययन करने के लिये। रामू भैया को शहर की हवा लग गयी। रामू भैया को यह कुछ कुछ पता था कि उनकी शादी बचपन में ही उनके पिताजी ने अपने दोस्त कुंवर बहादुर जो दूसरे गांव के जर्मींदार हैं उनकी बेटी श्यामा से तय कर दी थी पर अब तो बात ही कुछ अलग थी श्यामा गांव में ही पांचवीं तक पढ़ी थी और रामू भैया ने एम. ए कर लिया। जब वह गांव पहुँचे तब पता लगा कि दो दिन बाद उनका टीका करने उनके ससुराल से आ रहे हैं। उन्होंने अपनी मां से कहा कि मैं यह शादी नहीं करूँगा क्योंकि मैंने उस लड़की को देखा भी नहीं है। मां ने कहा अगर तुम में हिम्मत है तो अपने पिताजी से बात करो। जब रामू भैया ने जर्मींदार साहब से बहुत हिम्मत करके कहा कि मैं यह शादी नहीं करूँगा तब जर्मींदार साहब ने कहा यह शादी हर हालत में होगी यह मेरा प्रण और वचन है नहीं तो मैं तुम्हें अपनी जायदाद से बेदखल कर दूंगा। बेचारे रामू भैया कहां जाते क्योंकि बड़ी मुश्किल से तो जुगाड़ से एम.ए किया था।

दूसरे दिन उनका टीका हो गया और 15 दिन बाद शादी भी हो गयी। जब श्यामा विदा होकर आई तब सब घर और रिश्ते दारों ने देखा। जहां रामू भैया गोरे चिट्टे लम्बे कसरती बदन उसके विपरीत श्यामा काली ठिगनी बदन भी ईश्वर की कृपा से गोल मटोल अब तो जो कोई देखता मुंह दबा कर हंसता। बस एक जर्मींदार साहब ही श्यामा के पक्षधर थे। श्यामा जर्मींदार घराने की जिम्मेदार बहू तो बन गयी पर रामू भैया की पत्नी ना बन पाई। रामू भैया भी बाहर ही रहते और मन बहलाने के सब साधन मौजूद थे धनाभाव तो था ही नहीं फिर सुनाई पड़ा कि रामू भैया ने अपनी पसंद की अपनी सहपाठी से शादी कर ली पर यह समाज में जाहिर नहीं था। हां जर्मींदार साहब और श्यामा कि सब पता लग गया। धीरे-धीरे सारी जिम्मेदारी श्यामा के कन्धो पर आ गयी। सास

जी पहले ही भगवान को प्यारी हो गयी जर्मींदार साहब ने पूरी चाबियां जिम्मेदारियां श्यामा को सौंप दी। उसने सब देवर ननदों की शादियाँ कर दी। इसी बीच जर्मींदार साहब ने भी श्यामा का साथ छोड़ ईश्वर का हाथ पकड लिया।

बस जर्मींदार साहब ने बहुत कुछ श्यामा के नाम कर दिया। घर के सारे बच्चे देवरानी देवर श्यामा से बहुत प्यार करते थे क्योंकि सूरत ना सही उसका मन बहुत दयालु था। इतना समय शादी को बीत गया दुलहन बन कर आई थी पर ना सुहागिन थी ना विधवा। अब तो बच्चों की भी शादी होने लगी। आज पता ना श्यामा ने सबको अपने कमरे में इकट्ठा होने के लिये बोला। सब अचम्भित थे और श्यामा के कमरे में आ गये। श्यामा ने बहुत गम्भीर स्वर में अपने बड़े देवर से कहा आज मैं आपको कुछ कागज दे रही हूँ वह अपने भाई को जाकर दे दो और मुझे सब लोग स्वतंत्र करो मैं अब ऐसी जगह जाना चाहूँगी जहां मैं शान्ति से अपनी ज़िन्दगी जी सकूं। मेरे सास ससुर ने जो जिम्मेदारी की एक मजबूत दीवार मेरे चारों तरफ खींची मैं सब पूरा कर चुकी हूँ और उसको तोड़ना चाहती हूँ जब बड़े देवर ने कागज देखे तो वह अचम्भित हो गये वह था तलाक नामा। श्यामा ने रामू भैया को तलाक दे दिया था। एक ना टूटने वाली बहुत मजबूत दीवार अपने और रामू भैया के बीच में खड़ी करके निकल ली शान्ति की तलाश में।

कांच की दीवार

आज माधवी और अमर में फिर वाद विवाद हो गया। इतनी उम्र साथ साथ व्यतीत होने के बाद भी कभी कभी तकरार भयंकर रूप ले लेती है। ऐसा नहीं कि दोनों में प्यार नहीं। एक के बिना दूसरा नहीं रह सकता। दोनों बेटियों की शादियाँ हो गयी। बेटे की भी शादी हो गयी फिर भी कोई फांस माधवी को चुभती रहती है। आज घर में सब बच्चे आये हुये थे। बेटी दामाद बेटा बहू, उखड़ आई अमर के परिवार की पुरानी बातें बस उन पर माधवी ने कुछ बोल दिया अब तो अमर का मूड बिगड़ गया और शुरू हो गये माधवी को सुनाने के लिये। बड़ी बेटी अवनी एक दम से बोल पड़ी बस पापा अब आगे मां से कुछ नहीं कहेंगे हर समय आप मां पर अपने परिवार की गलतियों को जिम्मेदार ठहराते हो। अवनी बोली पापा हम लोग कुछ नहीं भूले पर सोचते थे कि अब मां थोड़ा सुकून में रहें। हमें मालूम हैं उनकी तुच्छ हरकतों को आपने भी झेला है। मां हमेशा आप और हमारी ढाल बन कर खड़ी रहीं। अवनी बोली मैं कैसे भूल जाऊं आपके छोटे भाई जो आपके बच्चे की तरह थे आपने उनको शिक्षा दिलाई अपने पास रखा बहुत सीमित आय में हमने आपने बच्चों के साथ पूरे परिवार के बच्चों को पढ़ाया फिर भी मां ने आपको मना नहीं किया बल्कि हम भी तीनों बढ़े हो रहे थे हमको ही समझाती बेटा अपना परिवार हम शिक्षा के माध्यम से अपना कर्तव्य निभा सकते हैं तो निभायेगे पर आपके परिवार ने हमेशा मां को ही दोष दिया कि वह अपने बच्चों में और सब बच्चों में पक्षपात करती है। अमर बिलकुल चुपचाप सुन रहे थे माधवी की आँखों से आंसू टपक रहे थे।

आज जैसे अवनी अपने अपने अन्दर की पूरा दर्द जैसे सबके सामने रखने पर आमदा थी। अवनी के पति अनुज बहुत बोल रहे थे अवनी प्लीज छोड़ सब बात पर नहीं वह बोली पापा मैं कैसे भूल जाऊं जब सबके सामने आपको चाचाओं ने बोला देखेंगे अपने बच्चों को कैसे काबिल बनाओगे अपनी बेटियों की कैसे शादी करोगे। आप रोते रहे तब मां ही थी जिन्होंने उनको उत्तर दिया पैसे से कोई काबिल नहीं बनता हुनर से

हर शख़्स अपने को निखारता है। बस मां ने उसी दिन कसम खाली थी कि मैं अपने तीनों बच्चो को उच्च शिक्षा दिलाऊंगी। आज हम आपकी मेहनत और मां के त्याग से इस लायक हैं। अमर बहुत देर बाद बोले बेटा ठीक है उन्होंने मेरे साथ और माधवी के साथ बहुत गलत किया पर हाथ की लकीरें नहीं मिटती खून के रिश्ते खत्म नहीं होते। अवनी ने कहा पापा अब बहुत हो गया जो कांच की दीवार बीच में लग गयी है वह अब टूट नहीं सकती।

बन्दिशें

पूर्वाकी शादी को अभी 6 महीने ही हुये थे पर उसके चेहरे की रौनक और हंसी पता न कहां चली गयी। एक उन्मुक्त चंचल हिरणी की स्वतंत्रता पर जैसे अंकुश लगा दिया हो ससुराल में उसके हंसने बोलने सब पर बन्दिशें लग गयी।

एक महीना तो घूमने फिरने में निकल गया पर उसके बाद हुआ बन्दिशों का दौर शुरू। आज देव पूजा है तो कभी पति दीर्घायु का व्रत है। कभी उसको सर पर पल्लू रखने को टोका जाता तो कभी मांग भरने पर। जींस टाप तो उसके लिये स्वप्न हो गये। आफिस जाना है तो साड़ी पहनो और बाहर निकल कर जाओ तो सर पर पल्लू रख कर।

पूर्वा समझ नहीं पा रही थी कि कैसे ताल मेल बैठाये वह पूरी कोशिश करती थी कि उससे कोई गलती ना हो जिससे कोई टोके। पति अखिल भी उसकी भावनाओं को नहीं समझ पा रहा था। बहुत ही पुराने विचारों के लोग थे। अचानक उसकी ननद ऋतु अपने मायके आ गयी जिसकी शादी भी कुछ दिन पहले हुई थी सब परिवार के सदस्य ऋतु से पूछ रहे थे और वह रो रो कर बता रही थी कि ससुराल में वह नहीं रह सकती क्योंकि वहां उसकी सारी स्वतन्त्रता पर रोक है। पूर्वा ऋतु को समझा रही थी दीदी सब को नये परिवेश में ढालना होता है। जब उसकी सास ने कहा कि ऋतु वहां नहीं जायेगी अगर उसको ढंग से नहीं रखेगे। थोड़ी देर बाद पूर्वा भी अपना सूटकेस लेकर जाने लगी सब उसको रोकने लगे। पूर्वा बोली ये बन्दिश मैं ही क्यों सहन करूँ। मैं क्यों इस पिंजरे में बन्द रहूं। क्या आप सबने कभी सोचा कि मैं भी तो अपने परिवार की लाड़ली बेटी थी। एक नौकरी पेशा बेटी मुझे भी तो एक तरह से कैद कर दिया गया है। पूरे परिवार में सन्नाटा छा गया।

कसक

शोभित मुस्कुराता हुआ अपने मोबाइल पर फटाफट उँगलियां दौड़ा रहा था! उसकी पत्नी नीरजा बहुत देर से उसके पास बैठी खामोशी से देख रही थी, जो उसकी रोज की आदत हो गई थी और जब भी कोई बात शोभित से करती तो जवाब 'हाँ' 'हूँ' में ही होता या नपे-तुले शब्दों में!

''किससे चैटिंग कर रहे हो?''

''फेसबुक फ्रेंड से।''

''मिले हो कभी अपने इस फ्रेंड से''

''नहीं''

''फिर भी इतने मुस्कुराते हुए चैटिंग करते हो?''

''और क्या करूँ बताओ?''

''कुछ नहीं, फेसबुक पर आपकी महिला मित्र भी बहुत -सी होंगी ना?''

''हूँ।''

''उनसे भी यूँहीं मुस्कुराते हुए चैटिंग करते हो, क्या आप सभी को भली-भांति जानते हो?''

नीरजा ने मासूमियत भरे प्रश्न पर प्रश्न किया!

''भली-भांति तो नहीं मगर रोजाना चैटिंग होते-होते बहुत कुछ हम आपस में एक दूसरे को जानने लगते हैं और बातें ऐसी होने लगती हैं कि मानो बरसों से जानते हो और मुस्कुराहट होठों पे आ ही जाती है, अपने-से लगने लग जाते हैं फिर ये!''

''हूँ और पास बैठे पराये -से!'' नीरजा हुंकार सी भरने के बाद बुदबुदाई!

शोभित मुस्कुराता हुआ तेजी से मोबाइल पर अपनी उँगलियाँ चलाता हुआ एक नजर नीरजा पे डाल बोला किस सोच में हो,

''किसी सोच में नहीं! सुनो, बस मेरी एक इच्छा पूरी करोगो?''

नीरजा टकटकी लगाए बोली!

''क्या अब तक तुम्हारी कोई अधूरी इच्छा रखी है मैंने? खैर, बोलो क्या चाहिए?''

''मेरा मतलब ये नहीं था, मेरी हर इच्छाएँ आपने पूरी की हैं मगर ये बहुत ही अहम है!''

''ऐसी बात तो बोलो क्या इच्छा?''

''एंड्रॉयड मोबाइल''

''अ मोबाइल! बस इनती-सी बात, ओके डन! मगर क्या करोगी बताना चाहोगी?'' शोभित चौकता बोला!

नीरजा ने भीगी पलकों से प्रत्युत्तर दिया! ''और कुछ नहीं, चैटिंग के जरिये आप मुझसे भी खुलकर बातें तो करोगे!''

शोभित अचम्भित सा नीरजा को देखता रहा। नीरजा आँखों में आंसू लिये हुये खिड़की के पास जाकर खड़ी हो गयी। एक दुखन दिल में लिये हुये शादी के बाद उसके चाचा का बेटा उसकी हम उम्र था मिलने आया वह उसे बहन की तरह प्यार करता था। उसके कोई बहन नहीं थी। उसके लिये शोभित और ससुराल वालों ने बहुत गलत बोला था। आज शोभित को वह कुछ नहीं बोल सकती क्योंकि वह महिला है। ये उसके दिल का दर्द था।

जुनून

कनिका पिछली बातों में गुम हो गयी। आज उसकी बेटी तपस्या का हाई स्कूल का परीक्षा फल आने वाला था पर वह तो अतीत में खो गयी थी। मां पापा का उस पर बहुत भरोसा था। वह अपने भाई बहनों में सबसे बड़ी थी। पापा को बहुत चिन्ता थी। जब रिजल्ट आया तो उसकी सहेली के नम्बर उससे कहीं अधिक थे। उसके पापा हमेशा और बच्चों की तारीफ करते पर कभी उसकी तारीफ ना करते।

एक मां ही थी जो हमेशा उसका साथ देती और कहती और मेहनत कर पीछे जो छूट गया उसको मत देखो आगे बढ़ो। कम अधिक नम्बर से कोई फर्क नहीं पड़ता। ये शब्द उसमें नयी ऊर्जा भर देते थे। समय बीतता गया उसे भी एक जुनून था और मां उसके साथ और एक दिन उसका जुनून ही काम आया उसका सलेक्शन मैडीकल में हो गया। मां, पापा का सपना पूरा हो गया पर आज उसकी सहेली का सलेक्शन किसी जगह नहीं हुआ जो हमेशा पहले नंबर पर आती थी।

आज वह बहुत अच्छी डॉ. है वह तपस्या के पास कमरे में गयी और उसके सर पर हाथ फेरते बोली बेटा कोई चिन्ता ना करो कैसा भी परीक्षा फल आये बस एक जुनून पैदा करो कि तुमको कुछ बनना है जो तुम्हें तुम्हारी मंजिल तक पहुँचाये।

प्रियतमा

हां वह किसी से प्यार करती है। दुनियां को क्यापरेशानी है। उसका प्रेमी शादी शुदा है तो क्या हुआ ? वह उसकी गृहस्थी पर डाका नहीं डाल रही।

आज रोहिनी ने अपनी डायरी के पहले पन्ने पर लिखा। वह पल्लव से बहुत प्यार करती है। पल्लव भी उतना ही उसको चाहता है। वह शादी शुदा है उसके दो प्यारे प्यारे बच्चे भी हैं पर उसने पल्लव से कभी पत्नी का अधिकार नहीं मांगा। दोनों साथ पढ़ाते हैं। कालिज में सबको पता है। कभी ज़िन्दगी में वह पल्लव से जिद भी नहीं करेगी। दुनिया समाज ने उसे रखैल का दर्जा दे दिया उसे इसकी भी कोई परवाह नहीं। किसी ने उसके दिल से पूछा कि उसने यह निर्णय क्यों लिया नहीं समाज केवल आलोचना कर सकता है। आज उसके सामने उस भयावनी रात की घटना सामने आजाती जो उसका दिल कांप उठता है।

पूरा शहर दंगो की आग में झुलस रहा था। रात के 10 बजे ट्रेन स्टेशन पर आकर रुकी उसको शहर की स्थिति का पता नहीं था वह तो मैसूर से सेमीनार अटैन्ड कर के लौट रही थी। जैसे ही वह ट्रेन से उतरी चारों तरफ सन्नाटा था। बाहर आकर ओटो तलाशा बड़ी मुश्किल से एक ओटो मिला वह राजी हो गया परन्तु पीछे के रास्ते से ले जाने पर राजी हुआ। रोहिनी डरते डरते बैठ गयी थोड़ी दूर पर ही बहुत सी भीड़ आती दिखाई दी। ओटो वाला उसे छोड़ कर भाग चुका था। वह अन्धेरे में भागी गिर गयी भीड़ उसके पास पहुँच चुकी थी पता ना पल्लव कहां से फरिश्ता बन कर आया और उसको पकड़ कर अन्धेरे में एक दीवार के पीछे छिप गया वह बेहोशी हालत में थी। दंगाई बहुत ढूंढते रहे लड़की और वह भी उनके हाथ नहीं लगी। पूरी रात पल्लव उसको अपने आगोश में छिपा कर बैठा रहा। सुबह जब उसे होश आया तो उसे सब कुछ याद आ गया। वह पल्लव की बहुत आभारी थी। रोहिनी पल्लव के साथ घर पहुँची। पूरा घर दंगाईयो ने जला दिया व उसके मां पापा और भाई को मार दिया था। वह पल्लव से चिपट कर रो पड़ी। उसका कोई नहीं था। उसने पल्लव से कहा कि वह

उसके साथ चलना चाहती है। पल्लव उसके ही कालिज में था पर दोनों के डिपार्टमेंट अलग थे। पल्लव ने कहा उसके घर में पत्नी और बच्चे हैं। रोहिनी ने कहा पल्लव अगर तुम ना बचाते तो मेरी अस्मिता तो लुट ही जाती ये ज़िन्दगी केवल तुम्हारी देन है। मैं किसी और को इसे नहीं दे सकती ना मैं पत्नी का अधिकार चाहती हूँ। मुझे समाज की चिन्ता नहीं।

बस तुम मुझे अपनी ''प्रियतमा'' बनालो। पल्लव ने उसको अपने आगोश में ले लिय।

डरावना सत्य

सुबह सुबह जैसे ही समाचार पत्र हाथ में लो तो सबसे पहले समाचार दिखाई देगा या तो बलात्कार या शादी का झांसा देकर शोषण ये प्रतिदिन के समाचार है। जितने कानून बन रहे हैं उतनी ही घटनाएं बढ़ रही हैं।

आज भी जैसे समाचारपत्र हाथ में आया फिर एक कालिज की छात्रा की आत्म हत्या का समाचार छपा था क्योंकि वह गर्भवती थी। इस घटना के साथ ही मेरे स्मृति पटल पर बहुत पुरानी एक घटना ने दस्तक देदी। वह इन्टर की छात्रा थी। मां बाप की अकेली सन्तान। अच्छे परिवार की थी। क्लास में बहुत चुप रहने वाली लड़की। हम सबका ग्रुप था हम जबरदस्ती उसको अपने साथ मिला लेते थे पर वह हमारी शैतानियों में शामिल नहीं हो पाती थी। कुछ दिन से बहुत सुस्त रहती थी। हम सब उससे बार बार पूछते पर वह चुपचाप पीछे बैठ जाती थी, हम सब लोग अल्हड़ थे। यह उस समय की घटना है जब ना टीवी था ना लड़कियों को इतनी स्वतंत्रता। एक दिन जब मैं कालिज पहुँची तो वहां तो बहुत चर्चा हो रही थी कि इन्टर क्लास की छात्रा ने चूहे मारने की दवा खाली ये सूचना हम सब सहेलियो को अन्दर तक हिला गयी। बहुत हिम्मत करके हम सहेलियां उसके घर पहुंची वहां महिलाएं धीरे-धीरे कानाफूसी कर रही थी वहां पता लगा कि उसकी सगे बुआ के लड़के ने उसका शारीरिक शोषण किया उसको इतना डरा दिया कि वह किसी से कह नहीं पाई और गर्भवती हो गयी। जब मां को पता लगा उन्होंने उसको बहुत प्रताड़ित किया नतीजा उसने मौत को गले लगा लिया।

हम सब सहेलियों के सामने कितना भयावना सत्य था, जिसकी कल्पना नहीं की जा सकती आज 45 साल बाद भी मैं इस घटना को भुला नहीं पाती

कुछ ख्वाब अधूरे से

मेरा वजूद कोई छोटी कहानी नहीं था, बस पन्ने जल्दी भर गये....

ज़िन्दगी में ख्वाब देखने का सबको अधिकार है पर जरूरी नहीं वह पूरे हो जायें। मेरी भी ज़िन्दगी इसी तरह की है। आज ये वाक्य देख कर 50 साल पहले की सारी बातें चल चित्र की तरह घूमने लगी। एक तितली की तरह उड़ती सपने देखने ही शुरू किये कि मैं एक बहुत बड़े होटल को बनाऊंगी किसी हिल स्टेशन पर वहाँ मेरा रौबदार व्यक्तित्च होगा बहुत से पर्यटको से मुलाकात होगी एक सनक थी मेरे अन्दर क्योंकि बहुत उपन्यास पढ़ती थी पर सब खो गये मात्र 15 साल की उम्र में पिताजी ने शादी करदी जब कि शहर की बच्ची बहुत अच्छा परिवार भाई बहनों में सबसे छोटी भाई और उनका परिवार यू.एस.ए में रहता था। मां भी पुराने समय की मिडिल पास थी पर पता ना पिताजी को शादी की इतनी जल्दी क्यों थी। शादी होकर ससुराल पहुँची ग्रामीण परिवेश छोटे ननद देवर वहाँ हम बड़े हो गये। हां पति एम.एस.सी गोल्ड मेडलिस्ट थे। मेरी मां की हार्दिक इच्छा थी कि मैं पढूँ। मेरे पतिदेव ने उस इच्छा का बहुत सम्मान रखा। मुझे बी.ए, एम.ए, बी.एड, पी.एच.डी, एल.एल.बी, कराया। बच्चो के साथ मेरी शिक्षा भी चलती रही। मैं अपना सपना तो नहीं पूरा कर पाई पर मैंने अपने बच्चो को उनके जो मन में था स्वतंत्र रखा। उनको डॉ इंजीनियर बना दिया।

आज जब सब जिम्मेदारी निपटा कर अपने लिये सोचा तो लगा शायद ख्वाब पूरे ना होने के लिये भी देखे जाते हैं पर आज मैं राजनीति में हूँ इतनी डिग्री भी हैं सब पतिदेव के सहयोग से और बहुत कुछ बच्चो के सहयोग से।

मेरा बेटा हमेशा मुझे कहता है ''कुछ सपनों के टूट जाने से जीवन नहीं मरा करता'' ये सत्यता भी है क्योंकि हिल स्टेशन पर होटल ना सही घर की रसोई को ही होटल समझ लेती हूँ।

असीमित खरोंचे

पूस की रातें बहुत ठंडी होती है। यह पुरानी कहावत है। ऐसी ही एक ठंडी रात थी। मानसी बेचैनी से टहल रही थी। घर के सब सदस्य सो चुके थे। अभी अभी ब्रेकिंग न्यूज में सुन रही थी कि कल फुटपाथ पर सोने वाली एक मानसिक रूप से कमजोर लड़की को कुछ लोग उठा कर ले गये और उसके साथ बलात्कार करके छोड़ गये नग्नावस्था में टिठुर कर उसकी लाश को पुलिस ने बरामद किया।

ये खबर उसके जेहन में हल चल मचा रही थी। शादी से पहले उसके घर के सामने एक प्रेस वाला मोहन सारी कालोनी के कपड़े प्रेस करता था। वहीं उसने अपनी छोटी सी झोपड़ी बना रखी थी। उसकी दो बच्चियां थी। एक बच्ची मानसिक रूप से कमजोर थी। दोनों बच्चियां मानसी के पास आजाती थी। मानसी एक स्कूल में अध्यापिका थी। वह उनको पढ़ाती रहती थी। एक रात शायद सबसे ठंडी रात थी। तेज हवा बारिश एक तूफान सा आया हुआ था। इस तूफानी रात में तीन नर पिशाच भी नशे में धुत उस झोपड़ी के आगे रुके। झोपड़ी का दरवाजा कमजोर था। एक लात के प्रहार से वह खुल गया। तीनों ने उस मासूम बच्ची को उठाया और ले जाने लगे। बड़ी बहन, मां और बाप शोर मचाते रहे पर तूफानी रात के शोर में किसी ने उनकी आवाज नहीं सुनी या कहिये कोटीबाले उन गरीबों की आबाजों को अनसुना कर गये। मानसी जाग कर जब तक वहाँ पहुँची वह कुछ समझ पाती देर हो चुकी थी। मानसी ने मोहन के साथ मिल कर अंधेरे में खोजा पर कुछ नहीं पता चला। मानसी पूरी रात झोपड़ी में उन लोगों के साथ बैठी रही। सुबह रात का तूफान थोड़ा थमा। बाहर दूर तक निकल कर ढूंढा एक गड्ढे में उस मासूम बच्ची की लाश असीमित खरोचों के साथ खून से लथपथ ठंड में टिठुरी हुई मिली। कितना मुश्किल होता मां बाप को दिलासा देना।

आज समाचार ने उसके दिल विचलित कर दिया। शायद ये घटना कभी कम ना होगी।

मैं हूँ ना

आज दिल बहुत उदास था। मि.सिन्हा सुबह दूध लेने निकले एक ट्रक से एक्सीडेन्ट हो गया और वहीं उन्होंने उसी स्थान पर दम तोड दिया। उनकी बेटी पल्लवी का रो रो कर बुरा हाल था। पल्लवी मेरी क्लास में पढ़ती थी। पल्लवी और उसका भाई प्रतुल दोनों की इंजीनियरिंग का आखिरी साल था। पल्लवी की मम्मी रुचिका तो बिलकुल पत्थर की तरह बैठी थी। सब रिश्ते दार आ गये थे।

ये सारा नजारा देख कर मुझे अपनी ज़िन्दगी का दुखद पहलू आँखों के सामने आ गया। हम चारों भाई बहन पढ़ रहे थे। पापा का बहुत अच्छा व्यापार था। किसी से कोई दुश्मनी ना थी। एक दिन फैक्ट्री से पापा आरहे थे बस लूट के उद्देश्य से बदमाशों ने गोली चला दी अधिक पैसा भी पास नहीं था पर पापा को गोलियाँ लगी और हमारा परिवार का सब कुछ खत्म हो गया, मां तो बिलकुल टूट गयी थी पर ऊपर से बहुत शान्त होकर पूरा व्यापार संभाला। हम बच्चे रोते थे पर मां की आँखों में कभी आंसू नहीं देखे। यही स्थिति पल्लवी की मां रुचिका की थी। सब रिश्ते दार अपनी अपनी सलाह दे रहे थे। रुचिका उठी और पल्लवी व प्रतुल को बाहों के घेरे में लेकर बोली बस बेटा मैं हूँ ना। तुमको पापा का सपना पूरा करना है।

मैंने मन ही मन नमन किया सोचा इतनी शक्ति मां में कहां से आजाती है।

समय का पहिया

महिमा आज बहुत खुश थी आज उसकी दोनों बेटियों के बेटे रचित और सुमित सिविल सर्विस में आ गये। अपनी बेटियों से अधिक उसको चिन्ता थी। महिमा बीते दिनों की पीड़ा को नहीं भूल पाती हालांकि दोनों बेटियां दामाद सब उसे समझाते हैं। महिमा के पति नौकरी करते थे और एक दुर्घटना में उनकी मृत्यु हो गयी। उसने अपनी हिम्मत नहीं छोड़ी और मेहनत करके छोटी छोटी नौकरी करके ट्यूशन आदि करके बच्चों को पढ़ाया। उसके देवर और जेठ बहुत बड़े उधोग पति थे। जब दोनों बेटियाँ थोड़ी बड़ी हुई तब बात बात पर उसके ससुराल वाले उसकी मजाक उड़ाते कहते कि कैसे पढ़ाओगी कैसे इनकी शादी करोगी पर उसकी दोनों बेटियाँ पढ़ने में बहुत होशियार थी। बड़ी मैडीकल में आ गयी और छोटी इंजीनियरिंग में। दोनों की शादी भी सादगी पूर्ण माहौल में हुई।

समय बीतता गया। व्यंग दंश को वह भुला नहीं पाती थी। वह बहुत शान्त रहती पर उसने अपने आपको टूटने नहीं दिया। अपनी हिम्मत और अपने बच्चो का विश्वास उसे हमेशा ताकत देता। वह अपने बेटियों के बच्चों की एक अच्छी मित्र थी। उनको जीवन की कठिनाइयों को बताती और बस अपने उद्देश्य में सफल होने को प्रेरित करती। आज उसका नतीजा सामने था।

आज भी उसे घमंड नहीं हुआ गर्व महसूस हुआ कि पैसा ही सब कुछ नहीं होता अपना हुनर और संकल्प व ईश्वर का आशीर्वाद समय को बदल देता है उसने उस समय इस चुनौती को स्वीकार नहीं किया होता तो शायद आज अपने आपको माफ नहीं करती।

फर्ज

सीमा बहुत देर से अपनी काम वाली पुनिया का इन्तजार कर रही थी। पुनिया उसके यहाँ 25 साल से काम करती थी। वह उसकी बहुत विश्वसनीय थी क्योंकि उसके सुख दुख में हमेशा परिवार के सदस्य की तरह उसे सहारा दिया था। जब उसकी बेटी मिताली का प्रसव के समय देहान्त हो गया था। वह पूरी तरह बिखर गयी थी क्योंकि मिताली उसकी इकलौती संतान थी। उसके साथ साथ नवजात शिशु भी विदा हो गया था। उस समय पुनिया ने एक बहन की तरह उसे संभाला था।

अचानक बाहर दरवाजा खुला देखा पुनिया का पति राम चन्द्र रोता हुआ आया। सीमा घबरा गयी बोली क्या बात है पुनिया कहां है। राम चन्द्र बोला मालकिन बिटिया की तबीयत बहुत खराब है। घर पर दाई प्रसव नहीं करा पा रही पता नहीं वह बच पायेगी या नहीं। सीमा बोली चलो फौरन और चाबी लेकर गाड़ी निकाल उसके घर पहुँची। वहाँ जाकर पुनिया से कहा बिटिया को पकड़ो और गाड़ी में लिटाओ। वह फौरन उसे लेकर अस्पताल पहुँची। डॉ से बात करके तुरन्त आप्रेशन रुम में भेजा। पुनिया और उसके पति की आँखों से आंसू नहीं रुक रहे थे। सीमा को अपनी बेटी की याद आ गयी कितना तड़फ रही थी वह। थोड़ी देर में डॉ बाहर आई तीनों एकदम उनके पास पहुँचे। डॉ मुस्कराई बोली खतरे से बाहर है बेटी हुई है।

सब बहुत खुश हुये पुनिया एकदम सीमा के पैरों में झुक गयी। सीमा बोली पुनिया मैं तुम्हारे दर्द को महसूस कर रही थी। ईश्वर को धन्यवाद दो। हर कोई पराई पीर को नहीं समझ पाता। मैंने कई अहसान नहीं किया। ये मेरा फर्ज था।

अपनापन

आज अनुभा अपनी देवरानी को हैरानी से देख रही थी। अमिता और अनुभा दोनों कोई खास प्रेम नहीं था। देवरानी जिठानी वाली कटुता थी। आये दिन कभी बच्चों को लेकर कभी घर के काम को लेकर वाद विवाद की स्थिति उत्पन्न हो जाती थी। अनुभा पर दो बेटियां थी और अमिता पर दो बेटे पर आज अमिता ने आते ही दोनों बच्चियों को बुलाया और दोनों को बाहों में लेकर रोने लगी बार बार कहने लगी तुम बाहर किसी के साथ जाना नहीं किसी से कोई खाने की चीज मत लेना। अनुभा को बड़ा अचम्भा हुआ। अमिता उससे लिपट कर रोने लगी। वह न्यूज देख रही थी दो साल की बच्ची के साथ बलात्कार और उसके बाद उसकी निर्दयता से हत्या, पूरे देश में आक्रोश था। वह बार बार रो रो कर कह रही थी कहीं ऐसा मेरी बच्चियों के साथ ऐसा ना हो जाये। आज अनुभा को महसूस हुआ कि अमिता दिल से बच्चियों को कितना प्यार करती है। काश शुरू से उसको भी अमिता को छोटी समझ कर गलतियों को नजर अन्दाज कर देना चाहिए था। उसने अमिता को गले लगा लिया और कहा कुछ नहीं होगा। हम दो मां हैं ना और दोनों चारों बच्चों को लिपटा कर मुस्कराने लगी।

चाय का ढाबा

आनन्द उठते ही सुबह के कार्यक्रमों से फ्रेश होकर पार्क पहुँच जाता जहाँ उसकी मित्र मंडली उसका इन्तजार करती मिलती। ये प्रतिदिन का कार्य था। घूमना कम और मटर गश्ती अधिक। बेरोजगार मित्र मंडली करे भी तो क्या करे। पार्क में बहुत लोग घूमने आते थे बुजुर्गों की संख्या अधिक होती थी।

पर इस मित्र मन्डली का तो एक ही काम था लड़कियों के ऊपर कटाक्ष करना और बुजुर्गों का मजाक बनाना। मि. रजनी कान्त जी रिटायर अधिकारी थे। वह प्रतिदिन इनकी हरकतो को नोट करते थे। एक दिन सब मित्रों को पास बुला कर बात की और सबको समझाया। सब कहने लगे कि नौकरी नहीं मिलती घर वाले सहयोग करने को राजी नहीं हम क्या करें। रजनी कान्त जी रात भर सोचते रहे कि अधिक पढ़े लिखे भी नहीं हैं ये लोग। कभी कभी सुबह घूमने वालो को चाय की इच्छा होती पर पार्क के बाहर कोई सुविधा नहीं थी। रजनी कान्त जी ने एक निर्णय किया कि क्यों ना एक सुन्दर सुसज्जित चलता फिरता चाय का स्टाल बनवा कर इस मित्र मन्डली को उपहार देकर काम खुलवा दिया जाये। दूसरे दिन सब मित्रों को राजी कर उन्होंने काम शुरू करा दिया और उनको समझाया कि हम मित्र मंडली तुम्हारे ऊपर पूरी निगाह रखेंगे। देखेंगे इस कार्य को कितना सफल बनाओगे।

अब प्रतिदिन सुबह उन मित्रों के स्टाल पर चाय पीने दूर दूर से लोग आते हैं क्योंकि उसका नाम है ''मित्र मन्डली चाय ढाबा'' और उस ढाबे की चाय बहुत मशहूर है और धीरे-धीरे चाय के साथ वह ढाबा अब एक होटल का रूप लेता जा रहा है चलता फिरता ढाबा। रजनी कान्त जी बराबर नजर रखे रहते हैं और वह बेरोजगार मित्र मन्डली उनकी बहुत आभारी है।

हम होंगे कामयाब

सुमि आज बच्चों की आपस की बातें कान लगा कर सुन रही थी। आज उसकी सासु जी का जन्म दिन था। जब एन सी आर में फ्लैट लेने का समय आया तब उसके पति व दोनों ननदों ने एक ही टावर में फ्लैट लेने की योजना बना ली थी। सुमि की और दोनों ननदों का आपस में बहुत अच्छा तालमेल था। तीनों परिवार के बच्चे बहुत परेशान थे सासु यशोदा जी को कैसे मनाया जाये क्योंकि वह कोरोना के भय से बहुत भयभीत थी। उनको डर था कि पति तो बहुत पहले उसे अकेला छोड़ गये अगर अब उनको इस बीमारी ने घेर लिया तो मेरे बच्चे बहुत परेशान हो जायेंगे।

ये एक ऐसी आपदा आ गयी थी कि उनकी सब बुजुर्ग सहेलियां अपने फ्लैटों में बन्द थी। कितने दिनों से कोई नहीं मिल पा रहा था। हर टावर में कोई ना कोई इस बीमारी से जूझ रहा था। यशोदा जी अपने कमरे की खिड़की से एम्बुलेंस की आवाजें सुनती रहती थी। तीनों परिवारों ने आज तय कर लिया था कि मां के दिल से भय निकालना बहुत जरूरी है। मां दोपहर को कमरा बन्द करके सो जाती थी। जब वह सो रही थी उसी समय उसी समय परिवार की सबसे छोटी नटखट पलक ने दरवाजे पर आकर जोर जोर से गाना शुरू करदिया।

''हम होंगे कामयाब एक दिन मन में है विश्वास ऐसा है विश्वास एक दिन'' यशोदा जी किवाड़ खोल कर देखती हैं उनके परिवार के बच्चे और बड़े गुब्बारो पर मास्क पहना कर खिड़की से बाहर छोड़ रहे हैं और कहने लगे मां दादी नानी हैप्पी बर्थ डे। हम जीतेंगे कोरोना उड़ जायेगा गुब्बारे की तरह और यशोदा जी सबको अपने आगोश में ले लिया बोली हां बच्चों अब मुझे कमजोर नहीं होना बल्कि हर परिस्थिति में कठोर होना है और हम कामयाब होंगे एक दिन।

एक अजनबी दोस्त

सनी को कुछ कुछ अन्दाजा हो रहा था कि मां कुछ तो छिपा रही है। कुछ दिन से वह देख रहा था कि मोबाइल की रिंग बजते ही मां तुरन्त फोन ऐसे उठाती है कि कोई दूसरा ना उठा ले। जैसे ही घन्टी बजी सनी चिल्लाया मां तुम्हारा फोन। मेघा ने तुरन्त फोन उठाया और बालकनी में जाकर बात करने लगी। उसके कान मां मेघा की बातों की ओर ही लगे थे। वह कह रही थी समीर तुमने आज शनिवार को फोन क्यों किया। आज घर में सनी और ललित दोनों हैं। मेघा की दोस्ती समीर से तीन साल से आनलाइन चल रही थी। समीर उसकी ज़िन्दगी का अहम् हिस्सा बन गया था। जब तक मेघा उससे बात नहीं कर लेती थी बेचैन हो जाती थी।

हालांकि वह अपने पति ललित व बेटे सनी से बहुत प्यार करती थी। जब समीर ने पूना आकर मिलने के लिये कहा तो मेघा डर गयी क्योंकि समीर की इच्छा थी कि वह किसी होटल में आकर मिले पर मेघा ने कहा की अगर तुमको मिलना है तो घर आकर ही मिलो। समीर ने कहा कि उसके पति को बुरा नहीं लगेगा तो मेघा ने कहा कि तुम मेरे दोस्त हो जब मेरे अन्दर कोई गलत विचार ही नहीं है तो मैं सबके सामने मिलूंगी। समीर चुप हो गया। मेघा ने कहा बस ये ही तुम्हारी दोस्ती है। तुम होटल में ही क्यों मिलना चाहते हो। समीर ने कुछ सोच कर कहा कि मैं घर ही आऊंगा एक हफ्ते बाद।

एक हफ्ता मेघा का दिल में तूफान लिये गुजरा। वह पति और बेटे से कुछ कह नहीं पा रही थी। आज समीर उसके शहर आया हुआ था। वह कुछ देर में घर आने वाला था। वह अन्दर से बहुत घबड़ाई हुई थी कि कैसे ललित को बताये। इतनी देर में डोर बेल बजी उसने जाकर दरवाजा खोला। बाहर बहुत सुन्दर स्मार्ट युवक खड़ा था। वह बोला मैं समीर हूँ, तुम मेघा हो ना अन्दर आने को नहीं कहोगी। मेघा उसे लेकर अन्दर आई और बिठाया। अन्दर जाकर अपने पति से कहा कि आप बाहर आईये कोई मिलने आया है। ललित ने पूछा कौन है। उसने कहा मेरा दोस्त मुम्बई से आया है और वह समीर के

लिये काफी बनाने रसोई में चली गयी। रसोई में जाकर देखा उसका बेटा सनी काफी बना कर नाश्ता प्लेटों में लगा रहा था। वह बहुत अचम्भित हुई। सनी ने मुस्कराते हुये कहा मां जब मेरे और पापा के दोस्त आते हैं तो आप भी तो सबका ख्याल रखती हो। इसी प्रकार मुझे और पापा को भी आपके दोस्त का ख्याल रखना चाहिए। बाहर आकर देखा ललित हंसकर समीर से बात कर रहे थे। शाम की फ्लाइट से समीर लौट गया। बहुत अच्छी यादे लेकर और देकर। वह जब बेडरूम में आई तो ललित से कहा कि आप जो सजा दें मैं तैयार हूँ। ललित ने कहा कि कैसी सजा तुमने कुछ गलत नहीं किया।

मैं एक हफ्ते पहले से जानता था, क्या एक पुरुष और एक महिला मित्र नहीं हो सकते। इतने सालों से मैं तुम्हें जानता हूँ मेरा विश्वास हो तुम। वह लजाते हुये ललित की बांहो में सिमट गयी।

करवा चौथ

अरे क्यों इतनी पुरानी यादों को कुरेद रही हो। 15 साल की छोटी सी उमरिया में शादी हो गयी बहुत खुशी थी कि चलो अब मौज आ गयी। पढ़ाई से छुटकारा और भाईयों की बन्दिशें खत्म। कहीं जाने नहीं देते हर समय सी सी टी वी कैमरा आँखों में लगा रहता था उन लोगों के।

50 साल पहले इतनी आजादी कहां। शादी के चार महीने बाद आ गयी करवा चौथ। मायके में पहली करवा चौथ थी क्योंकि गौना नहीं हुआ था। व्रत के नाम से ही बुखार चढ़ने लगा क्योंकि पानी भी नहीं पीते। रात के 2 बजे तक जगे और चाय नाश्ता करके सो गये कि कल पानी भी नहीं मिलेगा। दूसरे दिन व्रत शुरू बड़ी मां और मां दोनों ने कहा आज पानी भी मत पीना हिला दिया सर कि नहीं पीयेंगे। दोपहर के 12 बजने के बाद हालत खराब 16 श्रृंगार तो भूल गये पेट में तांडव होने लगा। दोपहर को मां ने बाजार भेजा अब चाट का ठेला सामने था वहां पर खाये गोल गप्पे आ गये अपने घर। रात को पूजा करके अर्क दे दिया पतिदेव तो पास थे नहीं याद तो बहुत आरही थी। खाना खाने बैठे पतिदेव पता ना कहां से आ गये हाथ में एक थैला था बोले दोपहर को 5 गोलगप्पे से क्या पेट भरा था लो अब खाओ। मैं रोने लगी बोले पागल मैं शहर में ही था मैंने तुम्हें बाजार में देख लिया था टोका नहीं।

सच्चा प्यार कभी किसी व्रत के तोड़ने से नहीं टूटता। मेरा तुम्हारा जन्म जन्म का साथ है। आज भी बच्चों के सामने करवाचौथ को चिढ़ाते हैं कि गोलगप्पे ले आऊं। ये है मेरी बाली उमरिया की करवा चौथ।

लाचार चिड़िया

आज शिक्षक दिवस है। सब तरफ शुभकामनाओं का दौर चल रहा था! सही भी है माँ बाप के बाद गुरु का ही महत्व होता है बच्चे की जिंदगी में! गुरु को तो ईश्वर से भी बड़ा माना गया है। बच्चों को शुरू से पढ़ाया जाता है ''गुरु गोविन्द दोनों खड़े, काके लागूं पांव, बलिहारी गुरु आपने गोविन्द दियो बताय'' रूमा घर की खिड़की पर बैठ कर अपने अतीत में खो गई!

रूमा एक प्यारी सी अवोध नटखट बच्ची थी! माँ की लम्बी बीमारी ने उसको बिलकुल अपाहिज बना दिया था! पापा अपनी दुकान पर व्यस्त रहते थे! माँ को रूमा की बहुत चिंता थी! रूमा जिस स्कूल में पढ़ती थी उसकी अध्यापिका नीरू से रूमा की माँ की बहुत अच्छी दोस्ती थी! वह रूमा को बहुत प्यार करती थी! धीरे-धीरे रूमा बड़ी होने लगी!

पढ़ाई का बोझ भी बढ़ने लगा! माँ के कहने पर नीरू ने रूमा को साइंस पढ़ाने के लिए एक टीचर अजय की व्यवस्था करदी! शुरू से वह रूमा को पसंद नहीं था क्योंकि उसकी नजर रूमा को पसंद नहीं थी!उसकी हरकतें दिन पर दिन बढ़ती जा रही थी! रूमा ने कई बार माँ को बताने की सोची पर मां की परेशानी के कारण बता नहीं पाई और एक दिन उस हब्शी बाज ने उस नन्हीं चिड़िया को दबोच लिया! इस घटना ने उसको भीतर तक तोड़ दिया और वह बिलकुल चुप हो गई! जब माँ ने उसकी उदासी का कारण जोर देकर पूछा तब उसने मां को बताया माँ ने उससे कहा बदनामी होगी इसलिए चुप रहो!

आज भी वह उस मानसिक यातना को झेल रही है और ईश्वर से प्रार्थना करती है कि कोई भी शिक्षक किसी भी चिड़िया को ना दबोचे!

अलविदा

सूनी सूनी आंखे जर्जर काया एक छोटा सा आश्रम जहां उनको ज़िन्दगी की आखिरी सांस लेनी है।

ये उनकी भाग्य रेखा है। कादम्बिनी को अभी 10 दिन पहले ही इस आश्रम की देखभाल के लिये नियुक्त किया है। कादम्बिनी भी एक मजबूर और बेसहारा युवती है। पति उसे छोड़कर एक धनवान का घर जंबाई बन गया।

उसने इन बेसहारा बुजुर्ग महिलाओं की सेवा करना अधिक उचित समझा। धीरे-धीरे वह इन सबके नजदीक आती चली गयी। सब बहुत अच्छी थी। हर एक की दर्द भरी कहानी थी जो अन्दर तक हिला देती थी। इन सबमें सबसे अधिक शिक्षित थी माया माँ। वह सबको बड़ी अच्छी अच्छी बातें बताती थी। उनको एक इन्तजार था कि किसी ना किसी दिन उनका बेटा आयेगा और उनको ले जायेगा वह विदेश गया था उसका प्लेन हाईजैक हो गया उन्होंने सब तरफ प्रयास किये पर उसका पता ना चला। आस पड़ोस वालों ने उनको इस आश्रम में भेज दिया जिससे उनका मन लगा रहे बहुत बार रात के अन्धेरे में कादम्बिनी ने माया मां को पेड़ के नीचे बैठ कर रोते देखा पर वह केवल उन्हें दिलासा देती रही।

सुबह सुबह आश्रम में एक अजीब सी हलचल थी। कादम्बिनी ने जल्दी से आकर देखा माया मां की सारी सखी बैंच पर गुमसुम सी बैठी सूनी सूनी पनियाली आँखों से माया मां के कमरे को देख रही थी। कादम्बिनी ने भाग कर अन्दर जाकर देखा माया मां का निर्जीव शारीर।

माया मां इस संसार को अलविदा कह चुकी थी।

जन्म जन्म का साथ

शर्मा जी का भरा पूरा परिवार था। चार बेटे और चार बहुयें दोनों पति पत्नी बहुत खुश होते थे। रामरती तो कहती थी शर्मा जी हम दोनों का बुढ़ापा बहुत आराम से बीतेगा। नाती पोते सब हमारे आस पास रहेंगे। धीरे-धीरे करके चारों बेटों की शादियाँ हो गयी। रामरती के पैर तो जमीन पर ही ना पड़ते थे।

पड़ोसी भी सोचते कितनी भाग्यशाली है। अब शर्मा जी भी रिटायर हो गये। कहते हैं एक मछली ही सारे तालाब को गन्दा करती है। चौथे बेटे ने शादी अपनी पंसद से व बड़े घर की लड़की से कर ली बस हो गया घर में महाभारत शुरू। अब तो तीनों बड़े लड़को ने भी रंग दिखाना शुरू कर दिया। रोज की कलह से तंग आकर शर्मा जी ने सबको अलग करने की सोची। पूरा हिस्सा बांट करने के बाद। अब शर्मा जी और राम रती को रखने की बात आई। चारों ने सोचा एक ही क्यों बोझ उठाये। चारों ने कहा मां को एक बेटा और शर्मा जी को दूसरा बेटा रखेगा।

बस शर्मा जी ने कहा नालायको जीते जी हम दोनों को बांटना चाहते हो। हम तुम्हारे ऊपर आश्रित नहीं हैं। हम दोनों का जन्म जन्म का साथ है और साथ ही रहेंगे। बस शर्मा जी ने आखिरी निर्णय लिया वकील को बुलाया और वसीयत में बदलाव करा दिया कि जिन्दा रहते वह और उनकी पत्नी मालिक है। उसके बाद जो बेट उन्हें रखेगा व सेवा करेगा वह उनकी सम्पत्ति का हकदार होगा। यह है जन्म जन्म का साथ।

पहला प्यार

अरे काहे को छेड़ दिया ये मीठा सा तराना। अब क्या करे बहुत पहले छोड़ आये वह यादें जहां हम अपने को किसी हीरोइन से कम नहीं समझते थे। छोटी उमरिया के उगते हुये रंगीले सपने। प्यार की परिभाषा पता नहीं। कालिज के सामने उसके पापा का शोरूम बस वह कभी दिखता तो मन नाच उठता। धीरे-धीरे महसूस हुआ कि वह भी जान बूझकर कर उसी समय खड़ा रहता है।

यह उस समय की बात मोबाइल तो थे ही नहीं, टेलीफोन भी कम होते थे पर उसकी हिम्मत देखो एक दिन पास आया और बोला की कल तुम्हारा रजिस्टर गेट पर गिर गया था तुम्हारी सहेलियां साथ थी। मैं सकपकाई तो उसने आँखों से मिन्नते की। घर आकर देखा लम्बा चौड़ा प्रेम पत्र। अपनी तो डर के कारण जान ही निकल गयी। जबाब तो नहीं दिया पर रोमान्टिक सपने देखने लगे हल्की फुल्की मुलाकात भी हुई पर पता नहीं कैसे घर पर पता लग गयी और जो मां ने सुताई की वह आजतक नहीं भूल पायी। मेरी बेटियाँ शादी शुदा हैं पर जब भी मेरा पहला प्यार याद आता है मैं मन ही मन खुश होती हूँ कि चलो कुछ समय के लिये हमने भी प्यार किया था।

मुक्ति

शुभा जैसे ही बिस्तर पर लेटी रात के 12 बजे थे। फोन की घन्टी घनघनाने लगी। डॉ जोशी बोल रहा हूँ आप आईये अजय की तबीयत अधिक खराब है उसको फिर दौरा पड़ा है।

शुभा हास्पिटल भागी वह सोच रही थी उसकी ज़िन्दगी भी बचपन से ऐसे ही भाग रही है। वह अतीत में पहुँच गयी। बहुत ही मध्यम परिवार में जन्म लिया। 4 भाई बहन छोटे थे। पिता की आय अधिक नहीं थी वह पढ़ने में होशियार थी। सुन्दरता देने में ईश्वर ने कंजूसी नहीं की थी। अभी पढ़ाई पूरी नहीं हुई की शहर के धनाढ्च घराने से रिश्ता आ गया। उसने मां से पूछा कि इतने अमीर लोग मेरे लिये क्यों रिश्ता मांग रहे हैं तब मां ने कहा कि तुम्हारी सुन्दरता पर मुग्ध हैं और शादी का निर्णय उसी तरीके से लिया जैसे बाजार से सब्जी खरीदते हैं। शगुन पूरे हो गये वह ससुराल आ गयी। सब तारीफ कर रहे थे। रात बीतती जा रही थी पर अजय अभी तक भीतर नहीं आये वह पलंग पर बैठी इन्तजार कर रही थी। उतनी ही देर में किवाड़ खुली और अजय लड़खड़ाते अन्दर आये। वह कुछ समझ पाती अजय ने आते ही उसको तेजी दबोचा और उसको नोचने खसोटने लगा। वह रो रही थी अपने नसीब पर।

आये दिन ये तमाशा होता वह गर्भवती हो गयी। उसने दो जुड़वा बच्चों को जन्म दिया। अब पता चला कि उसने और भी आदत अपना ली। वह दोनों बच्चों को पाल रही थी। धीरे-धीरे पैसा भी खत्म होने लगा। वह बच्चों को लेकर अलग रहकर एक छोटे से स्कूल में पढ़ाने लगी। मां के घर अब भाभियों का अधिकार था। अजय के अधिक नशा करने का असर दिमाग पर हुआ और वह मानसिक विक्षिप्त हो गये। शुभा ने मेन्टल हास्पिटल भेज दिया। डॉ के फोन पर वह अस्पताल आई देखा वह निर्जीव सा लेटा है पता लगा कि पागलपन के दौरे में वह पलंग से नीचे गिरा और उसका सिर पलंग की छड़ से टकराया ब्रेन हेमरेज होने से वह खत्म हो गया।

शुभा थोड़ी देर देखती रही और शान्ति से कुर्सी पर बैठ गयी। आज बरसों बाद उसे लगा कि एक यातना से मुक्ति पाली है। जिसे पाने के लिये दिन रात छटपटाती रही थी।

इन्तजार

लाजो मात्र 12 साल की थी जब उसका विवाह रामदीन से हुआ। दुल्हन 12 की और दूल्हा 35 का। वह तो शादी का मतलब भी नहीं जानती थी पर श्रंगार उसे बहुत अच्छा लगता था। रामदीन उम्र में बड़ा था पर वह लाजो को बहुत प्यार करता था। वह उसको श्रंगार की हर चीज लाकर देता था। उसकी मांग में सिन्दूर वह स्वयं लगाता था। छोटी सी उम्र पति का प्यार लाजो गर्भवती हो गयी। पति तो जान न्यौछावर करता था। धीरे–धीरे समय कट रहा था। लाजो भी अपने आने वाले बच्चे के लिये उत्सुक थी। आज करवा चौथ थी रामदीन को किसी काम से शहर जाना था। वह लाजो से कह कर गया कि पूरा श्रंगार करना मैं जल्दी लौट आऊंगा। तेरे लिये शहर से गजरा और घड़ी लेकर आऊंगा। वह शहर गया तो लौट कर ना आया। बस दुर्घटना हुई और काफी लोग खत्म हो गये उसमें एक रामदीन भी था।

लाजो को इतना आघात पहुँचा कि वह मानसिक सन्तुलन खो बैठी। आज भी बच्चा बड़ा हो गया शादी हो गयी पर वह रोज राम दीन का इन्तजार सज धज कर करती है कि उसका पति आ रहा होगा। वह व्रत खोलेगी।

यादें

सांची आज बहुत उदास थी। बीती बातें बीती यादें कभी कभी उसके मन को व्यथित करती थी। उसका बचपन कितने अभाव और कष्टों में गुजरा था। घर में बीमार मां और दो छोटे भाई बहन। बापू की बहुत छोटी सी पान की दुकान वह भी एक छोटे से गाँव में। सांची की उम्र भी केवल 15 साल थी। पढ़ने में होशियार पर भागते दौड़ते घर का काम निपटा कर स्कूल पहुँचना और रोज क्लास में देर से पहुँचना और अध्यापिका की डांट खाकर बाहर खड़े रहना पर वह सब सह जाती थी क्योंकि मां को सहारा देना उसके लिये जरूरी था पर जब उसका रिजल्ट आता तो अध्यापिका भी अचम्भित रह जाती क्योंकि वह हमेशा प्रथम आकर सबको पीछे छोड़ देती। अब वह भी उम्र के नाजुक दौर में आ चुकी थी। इन्टर की पढ़ाई शुरू हो चुकी थी। पिछले कुछ दिनों से वह देख रही थी कि एक युवक रोज कालिज के गेट के बाहर आकर खड़ा रहता है। पहले तो उसने अधिक ध्यान नहीं दिया पर जब एक दिन उसने उसे ध्यान से देखा कि वह उसको देख कर मुस्करा रहा है तो वह शर्मा कर चुपचाप चली आई। धीरे-धीरे दोनों में बातें होने लगी। घनिष्ठता बढ़ती गई। उसका नाम मोहित था वह इंजीनियरिंग की प्रवेश परीक्षा की तैयारी कर रहा था। दोनों दोस्त थे पर अपने उद्देश्य भी सामने थे। शाम को अक्सर दोनों नदी किनारे बैठ जाते थे। आज मोहित का रिजल्ट आने वाला था। मोहित आया बहुत खुश था उसका नम्बर इंजीनियरिंग में आ गया था। वह बहुत खुश हुई पर जब मोहित ने कहा कि वह कल चला जायेगा तब वह उदास हो गयी। मोहित बोला तुम अपनी पढ़ाई और ध्येय पर ध्यान दो मैं हमेशा तुम्हारा रहूंगा। बहुत दूर एक गाना बज रहा था ''वो शाम कुछ अजीब थी ये शाम भी अजीब है, वह कल भी आस पास थी वह आज भी करीब है।''

ज़िन्दगी फिर पुराने ढर्रे पर चल पढ़ी। उसका ग्रेजुएशन पूरा हो गया। सीमित संसाधनों में ट्यूशन आदि पढ़ाकर वह सिविल सर्विसेज की तैयारी में जुट गयी। मोहित की पढ़ाई का आखिरी साल था। अपनी एक मित्र से पता लगा कि मोहित की दोस्ती किसी सेठ की लड़की से है। ये वह भी महसूस कर रही

थी क्योंकि बहुत दिन वह कोई फोन नहीं करता था और वह फोन करती तो बहुत संक्षिप्त बात करता। बहुत दुखी हो गयी और पूरा ध्यान पढ़ाई में लगा दिया। उसकी मेहनत रंग लाई। वह सलेक्ट हो गयी। आज उसकी पोस्टिंग इस नये शहर में हो गयी। मां उसका साथ छोड़ कर जा चुकी थी। बापू भी अशक्त हो गये थे। बहन और भाई दोनों की पढ़ाई चल रही थी। अब तो प्रमोशन होकर जिलाधिकारी का दायित्व उसके ऊपर था। कुछ फाइल उसकी मेज पर अभी उसका सेकेट्री रख कर गया था। उसने खोल कर देखा किसी सिविल इंजीनियर की फाइल थी। जिस पर कोई आरोप था। उसने कर्मचारी से कहा कि उन साहब को भीतर भेजो। वह फाइल पढ़ने में लगी हुई थी बोली बैठिये क्यों ना आपको निलम्बित कर दिया जाये वह साहब बोले मैडम एक बार तो मुझे मौका दीजिये। उसने पलट कर देखा वह मोहित था। मोहित भी उसे देखता रह गया। उसने बहुत कठोरता से कहा कि मैं इस बार छोड़ रही हूँ। आगे किसी भी शिकायत पर कठोर कदम उठाने पर मजबूर हो जाऊंगी। वह बोझिल मन लिये घर आ गयी। आंख बन्द करके उसी गाने की धुन सुन रही थी ''ये शाम भी कुछ अजीब है वो शाम भी कुछ अजीब थी, वो कल भी आस पास थी वो आज भी करीब है''

इतनी देर में कमला ने कहा मेम साहब सब काम हो गया में घर जा रही हूँ, वह अतीत की यादों से बाहर आ गयी।

बसन्ती सपने

मेघा नाम के अनुरूप ही तो था उसका व्यक्तित्व। धीरे-धीरे उछलती कूदती सतरंगी सपने देखती देखती कब बचपन की देहरी लांघ गयी। घर में सबकी लाडली। मेघा मेधावी छात्रा थी। स्कूल से कालिज का सफर अनेको सपनों के साथ गुजरता है। नया वातावरण होता है तब सपने भी ऊंची उड़ान पर होते हैं। ।

मेघा भी कालिज में आकर अपने भविष्य को लेकर उल्लासित थी। उसी समय काकी मां ने उसके लिये एक रिश्ता खोज लिया। वह मानसिक रूप से तैयार नहीं थी पर मां पापा को रिश्ता पसंद था। तमस बहुत ही होनहार लड़का था अपने पापा के व्यापार को बहुत ऊँचाई पर लेआया था। सुदर्शन छवि मृदुभाषी उसको देखकर मेघा मना नहीं कर पाई। मां पापा को तो विश्वास ही नहीं हो पा रहा था कि तमस मेघा को देखते ही हां कर देगा। तमस और मेघा दोनों बहुत खुश थे। दोनों ने बहुत सारे हसीन सपने देख लिये।

धीरे-धीरे शादी का भी दिन नजदीक आ गया। सब काम उल्लासित वातावरण में हो रहा था। मेघा की विदाई का समय भी आ गया। विदा होकर ससुराल पहुँची सब बहुत खुश थे। सयुक्तं परिवार था। आज मिलन की पहली रात दोनों एक दूसरे की बाहों में आने को आतुर। जैसे ही तमस बैठा उसे अचानक बहुत तेज चक्कर आया और वह बेहोश हो गया। मेघा ने बहुत कोशिश की वह बाहर भागी और सासु मां के कमरे में पहुँच कर रोते रोते सारी बात बताई। सब अचम्भित हो गये पहली बार ऐसा हुआ तुरन्त हास्पिटल के जाया गया। आई यू सी में कोई जा नहीं सकता था। मेघा बाहर एक तरफ खड़ी होकर रोती रही सब बेहाल थे। मेघा के मां पापा भी आ गये। सब परिक्षण चल रहे थे। जब रिपोर्ट देखी तो सबके दिल दहल गये। मस्तिष्क में ट्यूमर था। बेहोशी हालत में ही तमस को कैंसर हास्पिटल भेजा गया। मेघा की दुनिया तो बसने से पहले ही सुनसान हो गयी।

ससुराल वालों का व्यवहार भी बदल गया। मेघा के मम्मी पापा अपने घर ले आये। समय कट रहा था। तमस का इलाज चल रहा था। जब भी मेघा ससुराल में फोन लगाती कोइ ढंग से बात नहीं करता था। मेघा अन्दर ही अन्दर टूटती जा रही थी। मां और पापा भी कुछ समझ नहीं पा रहे थे। मेघा के ससुराल वाले उसके मम्मी पापा से भी ढंग से बात नहीं करते थे। ऐसा लगता था कि तमस की बीमारी शायद मेघा के कारण हुई है। आज मेघा बहुत उदास खिड़की पर खड़ी थी अचानक मोबाइल की रिंग बजी नम्बर पहचाना हुआ नहीं था। पहले उसने सोचा पता ना कौन है। दोबारा रिंग बजने पर उसने फोन उठाया उधर से हास्पिटल से नर्स का फोन था। उसने कहा आप मेघा बोल रही हैं मेघा ने कहा जी। नर्स ने कहा कोई आपसे बात करना चाहता है। अचानक उधर से आवाज आई मेघा तुम कहां हो मैं तमस बोल रहा हूँ देखो तुम्हारा तमस अब बहुत कुछ सही हो गया। सब आते हैं तुमको मेरी याद नहीं आती। मेघा कुछ बोल नहीं पाई बस रोने लगी बोली तमस मैं आरही हूँ। वह बाहर आकर बोली पापा गाड़ी निकालो हास्पिटल चलो। हास्पिटल पहुँच कर वह तमस के पास पहुँच कर उसके हाथों को पकड़ कर रो उठी बोली तमस मेघा तो तुम्हारे बिना अधूरी है तुम मेरा पहला और आखिरी प्यार हो। घर वाले नाराज ना हों इसलिये मैं नहीं आई अब बस तुम सही होजाओ और वायदा करो आज जो पुष्प फिर से खिले हैं वह हमेशा खिले रहें।

उसी समय सब लोग आ गये क्योंकि डाक्टर ने सबको बुलाया और कहा कि अब तमस सही है बस कमजोरी है और कोई मानसिक तनाव नहीं होना चाहिए। मेघा की दुनिया तो बसन्त की तरह खिल उठी।

चहकती चिड़िया

दिदिया चलो अब हमारे साथ हमारे गांव चलो यहाँ हम आपको अकेला नहीं छोड़ेंगे। जब रामवती ने अपनी मालकिन सुमित्रा जी से यह कहा तो वह सोच में पड़ गयी।

कोरोना का कहर चरम सीमा पर था। लाक डाउन के कारण जैसे ज़िन्दगी थम गयी थी। सुमित्रा जी रिटायर्ड प्रिंसीपल थी। उन्होंने शादी नहीं की थी। रामवती शुरू से ही उसके साथ रहती थी क्योंकि सुमित्रा जी का मायका रामवती का गांव ही था। रामवती का पूरा परिवार गांव में रहता था। रामवती ने सोच लिया था कि दिदिया को अकेली नहीं छोड़ूगी।

आज सुमित्रा जी गांव आ गयी। वहाँ सबने सुमित्रा जी का बहुत अच्छा स्वागत किया। उनको लग रहा था कि आज पहली बार अपना परिवार मिल गया। वह आंगन में बैठी देख रही थी रामवती की तीनों बहुयें मिल कर मसाले कूट रही है और आपस में हंसी मजाक कर रही हैं। इतना अपनापन यह शहर में कहां है। रामवती बाहर से आई और बहुओं को डांटने लगी अरे इतनी जोर से हंस रही हो दिदिया क्या सोचेगी। तुमको पता नहीं दिदिया कितनी कड़क मिजाज हैं। बहुयें बिलकुल शान्त हो गयी। सुमित्रा जी उठी और रामवती से बोली अरे तुम कौन होती हो मेरी बहुओं पर लगाम कसने वाली। अरे ये तो इस आंगन की चहकती चिड़िया हैं।

ज़िन्दगी के रंग

अनुज तुम मत जाओ मेरा कोई और दोस्त भी तो नहीं है जिसके साथ मैं खेल सकूं। रानू बहुत रो रही थी। 6 और 8 साल के बच्चे दोनों में बहुत मित्रता थी। अनुज के पापा का ट्रांसफर दूर शहर में हो गया। रानू के पापा कादेहान्त जब वह दो साल की थी एक दुर्घटना में हो गया था। रानू और रानू की मां बहुत गरीब थी। रानू अपनी मां के साथ अपने मामा के पास आ गयी। रानू के मामा का अच्छा व्यापार था पर मामा और मामी दोनों का व्यवहार रानू और उसकी मां के साथ अच्छा नहीं था। अनुज के जाने के बाद रानू बहुत उदास रहने लगी। समय बीतने लगा रानू अनुज को नहीं भूल पाई। रानू अब 18 साल की यौवना थी। बस मामा मामी के रहते दोनों मां बेटी सारे दिन काम करती और उसके बदले पेट भरने को खाना मिल जाता था।

रानू की मां चाहती कैसे भी उसकी शादी हो जाये। मामी भी यही चाहती कि शादी हो जाये और रकम भी खर्च ना हो। मामी की सहेली ने रानू के लिये एक रिश्ता बताया कि बहुत धनी लोग हैं बस थोड़ी उम्र अधिक है। रानू की मां की मजबूरी थी उसने हां करदी। रानू अनुज को अभी भूल नहीं पाई थी पर अनुज का कोई अता पता नहीं था। रानू की शादी अमर से हो गयी वह बहुत अमीर था बस उम्र अधिक थी क्योंकि पहली पत्नी गुजर चुकी थी और संतान नहीं थी। अमर की मां और बहन साथ रहती थी। कुछ समय से अमर का स्वास्थ्य सही नहीं था।

अमर ने जब डा को दिखाया तब डा को कुछ शक हुआ और सारे टैस्ट कराये। टैस्ट रिपोर्ट देखकर डा भी परेशान हो गया। अमर को ब्लड कैंसर था आखिरी स्टेज पर। घर में एक सन्नाटा छा गया अमर की मां को कुछ समझ नहीं आ रहा था। रानू नयी नवेली इतना बड़ा कारोबार कौन संभालेगा सबको। अमर की मां ने अपने भाई जो विदेश में रहते थे उनसे बात करके अपने भतीजे को अपने पास भेजने को कहा।

रानू की ननद बेसब्री से अपने ममेरे भाई का इन्तजार कर रही थी। रानू के पूछने पर उसने बताया कि भैया का नाम

अनुज है और पता ना क्यों उन्होंने शादी ना करने का प्रण कर लिया है। एक बार रानू चौंकी पर अनुज कोई और भी होसकता है सोच कर इस विचार को झटक दिया। कुछ समय बाद गाड़ी आकर रुकी। रुचि की सास और वह शख़्स अमर के कमरे में चले गये। थोड़ी देर बाद रानू की ननद उसे बुलाने आई। वह जैसे ही अमर के कमरे में पहुँची अनुज को देखकर अचम्भित रह गयी और अनुज भी उसे देखता रह गया। दोनों का चौंकना अमर से छुपा ना रह सका। अमर की तबीयत बिगड़ रही थी। दूसरे दिन उसने अपनी माँ को एक लिफाफा दिया और कहा कि मां शायद मेरे पास समय बहुत कम है। मेरे जाने के बाद इसको खोलना। दो दिन बाद अमर ने दुनिया से विदा लेली। रानू का रो रो कर बुरा हाल था उसने सुख कभी देखा ही नहीं था हमेशा दुखद ही समय गुजारा।

आज अमर के सब क्रिया कर्म से निपट कर अमर की मां ने सबको बुला कर वह लिफाफा खोला रानू को सफेद लिबास में देखकर अनुज की आंखे भर आई पर रानू मूर्ति की तरह बैठी थी। मां ने पत्र पढ़ा अमर ने लिखा मां मैंने रानू से शादी करके ही गलती की बेचारी गरीब मां की बेटी थी उसको तो ना करने का शायद अधिकार ही नहीं था पर अनुज को देखकर मुझे लगा मैं तो जा ही रहा हूँ क्यों ना इन दोनों को एक कर जाऊं शायद ये एक नेक काम होगा। इन दोनों की शादी करा देना इन दोनों का ही जीवन महक जायेगा।

मां ने अमर की आखिरी इच्छा को पूरा करते हुये पंडित को बुला कर चार दिन बाद बसंत पंचमी को दोनों की शादी का फैसला किया। रानू बहुत घबराई हुई थी उसकी ननद ने समझाया भाभी जब अनुज भैया आये और आपको देख कर हैरान हुये मैंने देख लिया था। अनुज भैया मुझे बहुत प्यार करते हैं मैंने कसम देकर पूछा तब बताया कि तुम ही बचपन की दोस्त हो जिसे छोड़कर वह मामाजी के साथ चले गये थे और तुमको भूल नहीं पाये और शादी ना करने का फैसला किया। मैंने ये बात अमर भैया को बता दी।

बसंत पंचमी का दिन अनुज और रानू की ज़िन्दगी सबसे खूबसूरत दिन बन गया अमर ने विदा लेते लेते उनकी ज़िन्दगी रंगो से भर दी।

अहसान

आज कालिज का आखिरी दिन सभी सहेलियों ने पिकनिक का प्रोग्राम बनाया। पास ही एक बहुत बड़ा बांध था। वहाँ पर एक पिकनिक स्पाट था। सभी ने उसी जगह जाने का मन बना लिया। सभी लोकल थी जाने में कोई दिक्कत नहीं थी। सबके मां पापा ने जाने की अनुमति देदी पर आगाह भी कर दिया कि समय से घर लौटे व किसी तरह की गलत हरकत ना करें।

चल दी मस्तानों की टोली वहाँ जाकर रमा, सीमा, चारू, मिताली, रूमा, कंचन और इशा सब बहुत खुश थी। आज उनका विधार्थी जीवन खत्म हो गया। अब आगे क्या करना है सोचा नहीं। कुछ दूर साइट पर काम चल रहा था। इंजी. अमित अपने जूनियर के साथ लगे हुये थे। सारी लड़कियां भाग दौड़ रही थी। अचानक मिताली का पैर मुड़ा और वह गिर गयी। सब उसे उठा रही थी पर वह उठ नहीं पा रही थी। अमित ने दूर से देखा वह अपने सहायक के साथ आये देखा मिताली के पैर में सूजन आ गयी थी शायद माइनर फ्रेक्चर था। उन्होंने पूछा तुम कहां से आये हो जब पता लोकल हैं उन्होंने अपनी जीप मंगाई और मिताली को सहारा देकर जीप में बिठा दिया। सब लड़कियां बैठ चुकी थी अमित ने मिताली को गौर से देखा मिताली थी भी बहुत सुन्दर मिताली ने जब कहा धन्यवाद आप ना होते तो हम कैसे जा पाते शायद यह अहसान ज़िन्दगी भर मेरे ऊपर रहेगा।

घर आकर मिताली अमित के चेहरे को भूल नहीं पा रही थी। अमित की आँखे बहुत कुछ कहना चाह रही थी। समय बीत रहा था। मिताली के पापा को भी उसकी शादी की चिन्ता हो रही थी। बहुत लड़के देखे पर कोई सम्बन्ध समझ नहीं आ रहा था। अचानक उनके दोस्त ने कहा कि मेरे परिवार के एक बच्चे की पोस्टिंग अभी हुई है। लड़का इंजीनियर है। बहुत अच्छे परिवार से है बात चली। अमित के मम्मी पापा आये हुये थे मिताली के पापा अपने दोस्त के साथ जब अमित के घर पहुँचे तो अमित बेहद पसंद आया। उन्होंने कहा मैं अपनी बिटिया का

फोटो भिजवाता हूँ। अमित के पापा ने कहा हम कल ही लौटेंगे आप एक नजर लड़की को मिलवा दीजिये अमित को पसंद आपकी बेटी आजाये और आपकी बेटी को अमित हम सम्बन्ध कर देंगे। शादी तो बच्चों की होनी है। दूसरे दिन जब मिताली को पता लगा वह बहुत दुखी हुई काश मैं उस शख़्स का नाम और पता पूछ लेती इधर अमित भी यही सोच रहा था कि मैं शहर में नया जरुर था पर नाम तो पूछ सकता था। अमित और उसके मम्मी पापा जब मिताली के घर पहुँचे और मिताली को बुलाया दोनों एक दूसरे को देखकर अचम्भित हो गये।

जब दोनों को अकेले में बात करने को कहा तो मिताली की नजरे ऊपर ही नहीं उठ रही थी। अमित बोला अब तो मेरे अहसान का बदला चुका दो। मिताली ने दोनों हाथों में चेहरा छिपा लिया। जब दोनों बाहर आये तो चेहरे की खुशी से ही समझ गये और अमित की मम्मी ने तुरन्त अपने गले की चैन मिताली को पहना दी।

बाहर गाना बज रहा था

‘‘तुम मिले दिल खिले और जीने को क्या चाहिये’’

तन्हाई

सविता जैसे ही बालकनी में सुबह की चाय लेकर बैठी सामने पेड़ पर चिड़ियों का जोड़ा बैठा चींची करके एक दूसरे की चोंच पर प्यार कर रहे थे। बहुत देर तक वह अपलक उसे निहारती रही। इन पक्षियों के पवित्र प्यार को ना कोई बनावट ना दिखावट। उसका और सुमित का प्यार क्या इस तरह का नहीं था। वह तो उसे टूट कर चाहती थी। सोचते हुये गुजरे पलों में पहुँच गयी।

पापा का तबादला हर दो साल बाद हो जाता था। पापा एक अधिकारी थे। परिवार सम्पन्न था। किसी चीज की कोई कमी नहीं थी। घर में मां पापा और उससे छोटे दो भाई। जब तक वह छोटी क्लास में थे तो पापा के साथ साथ रहे और जब थोड़ी बड़ी क्लास में आये तब मां पापा ने निर्णय लिया कि एक जगह जहां अच्छी शिक्षा मिल सके वहाँ पर ही सबको रुकना चाहिये। पापा हर हफ्ते आजाया करेंगे और इस निर्णय के बाद इलाहाबाद में मकान का इन्तजाम कर दिया क्योंकि सविता की ननिहाल भी इलाहाबाद थी। धीरे-धीरे ज़िन्दगी चलने लगी। सविता बी. ए में आ गयी। पढ़ने के अलावा अन्य सामाजिक और सांस्कृतिक क्षेत्रों में भी उसकी अच्छी पकड़ थी। सुमित उसके पड़ोस में रहता था। वह उससे सीनियर था। मध्यम परिवार का लड़का पढ़ने में बहुत होशियार। दोनों की मुलाकात एक कार्यक्रम में हुई धीरे-धीरे दोस्ती बढ़ती गयी। सुमित के परिवार वाले अधिक पसंद नहीं करते थे। उसी समय सुमित की सर्विस बहुत अच्छी कम्पनी में लग गयी। सुमित उससे बोल कर गया था कि वह उसी से शादी करेगा। सविता के मां पापा को पता चला तो वह राजी हो गये। उन्होंने सुमित के मां बाप से बात की पर उनके सपने सुमित को लेकर बहुत ऊंचे थे।

उनकी जिद के आगे सुमित हार गया। एक धनाढ्च परिवार की नकचढ़ी लड़की से उसकी शादी हो गयी। सविता बिलकुल टूट गयी उसने आगे की पढ़ाई चालू रखी पर शादी के लिये मना कर दिया। उसकी नियुक्ति बेसिक शिक्षा अधिकारी के पद पर हो गयी। बस ज़िन्दगी चल रही थी। कभी कभी

सुमित का हाल और मित्रों से पता चल जाता था। वह अपने वैवाहिक जीवन से बहुत परेशान था पर पत्नी और उसके घर वालो के आगे कुछ कर नहीं पाता था। कल सुबह उसने जैसे ही समाचारपत्र हाथ में लिया। मुख्य खबर कि एक कम्पनी के अधिकारी ने गृह कलह से तंग आकर आत्महत्या कर ली। उसने फोटो और नाम देखा वह हताश सी बैठ गयी।

आज वह सोच रही थी भाग्य की बिडंम्बना को कि उन दोनों में प्यार पवित्र था। वह दोनों अलग होने के बाद परिवारों की इज्जत के कारण एक दूसरे से मिले भी नहीं, पर दोनों को इससे क्या मिला एक को मौत और एक को तन्हाई।

दीदी का प्यार

दीदी आपकी बहुत याद आती है और याद आती हैं वह बातें जो मुझे आप समझाती थी। आप बड़ी बहन कम और एक मां का दायित्व निभाती थी। आप की ससुराल और मायका एक शहर में होने के कारण सबसे अधिक मुझे अच्छा लगता था क्योंकि मैं अपनी सारी बातों की पोटली बना लेती थी और जब आप आती थी तो पूरी बात सुना ना दूं किसी और से आपको नहीं बोलने देती थी। आज भी वह दिन याद है जब मैं स्कूल से लौटी तो मेरी अध्यापिका ने पास बुलाकर कहा कि चुन्नी पीछे से लपेटो और घर जाओ मेरी समझ नहीं आया की छुट्टी देकर क्यों भेज दिया। आप घर पर आई हुई थी पूछा जल्दी छुट्टी हो गयी मैंने कहा नहीं भेज दिया। जब बाथरुम में कपड़े उतारे सलवार को देख कर जोर जोर से रोना शुरू कर दिया। आप भाग कर आई देखा और चिपटा लिया और कहा पागल रोते नहीं है यह हर लड़की के साथ होता है। समझा कर सब तरीका बताया मैं तो और आपके करीब आती गयी। मां से डर लगता था फिर मेरी शादी की बात चलने लगी मैं उस समय केवल १६ साल की थी मानसिक रूप से बहुत बचपना था। पिताजी के अलावा कोई नहीं चाहता था कि इतनी जल्दी मेरी शादी हो तुम तो बिलकुल नहीं क्योंकि तुम भी शादी पर छोटी थी और वह मानसिक यातना ससुराल में झेल चुकी थी। मैं कभी किसी बात की जिद करती या नखरे करती तब मेरा पक्ष लेती और कह देती थी मां यहाँ जिद कर लेगी ससुराल में कौन सुनेगा।

आज तुम्हारी छोटी बहुत बड़ी हो गयी ससुराल में ननदें हैं वह मेरे से उम्र में बड़ी पर शादी नहीं हुई एक जिठानी हैं वह हमेशा नीचा दिखाने की कोशिश में। सुबह अलार्म लगा कर सोती हूँ जिससे सबसे पहले उठ जाऊं।

यहाँ पर कोई मेरे बाल सहला कर तो उठायेगा नहीं। सबकी सुनती हूँ पर कहूं किससे ये भी तो चुप रहते हैं। आप दुखी मत होना हां दीदी अब तुम्हारी छोटी बाल खोल कर नहीं रखती लम्बे हैं ना पर्दा करती हूँ तो पीछे से दिखाई देते हैं यहाँ

सासुजी ने कहा है ऊपर बांध कर रखो बहुओं के बाल दिखाई देने सही नहीं। दीदी यहाँ जोर से हंसना मना है। चलो दीदी बस मां को मत बताना वह दुखी हो जायेगी। दीदी जब बहुत परेशान होती हूँ तो मैं घूंघट में रो लेती हूँ किसी को पता नहीं चलता बैसे घूंघट का फायदा है ना दीदी। चलो दीदी अपना ख्याल रखना।

कुछ मार्मिक पल

एक कहानी पढ़ रही थी, छ साल की बच्ची के सर से दुपट्टा उतर गया। इसी बात पर उसके पिता ने जमीन पर पटककर मार दिया। समझ नहीं पा रही थी कि उस नन्हीं जान का कितना कसूर था।

पास की झोपड़ी में एक परिवार रहता था। मां बेटी दोनों हमारी कोठियों में काम करने आती थी। मां का नाम कमला था और बेटी का नाम फुलवा। फुलवा 12-13 साल की बच्ची सुन्दर सी। वह कभी कभी मेरे पास आजाती थी। मैं उसे पढ़ने के लिये कहती धीरे-धीरे उसको पढ़ना अच्छा लगने लगा। उसकी मां कहती थी मालकिन इसको पढ़ा कर किया मिलेगा। चार पैसे काम करके कमायेगी तो इसका भी गुजारा होगा। कुछ दिन से फुलवा बहुत सुस्त रहने लगी पूछा तो चुप्पी साध ली। एक दिन रात को मुझे नींद नहीं आ रही थी मैं बालकनी में जाकर खड़ी हो गयी देखा कि फुलवा का बाप कुछ लोगों से लड़ रहा था पर शोर नहीं था। मैं देखती रही एक तगड़ा आदमी उसके साथ भीतर चला गया। बाकी सब लौट गये मैं भी भीतर आकर सो गयी। सुबह सड़क पर जब भीड़ देखी तो कुछ गड़बड़ है। नीचे उतर कर वाचमैन से पूछा कि क्या हुआ उसने कहा फुलवा मर गयी। विश्वास नहीं हुआ अन्दर जाकर सत्यता थी।

मैं सोच रही थी कि ये कैसे पल हैं एक बाप ने सर पर से पल्ला उतर जाने पर अपनी लड़की को मार दिया और एक बाप ने पैसा कमाने के लिये अपनी बेटी की चुन्नी स्वय उतार दी।

यादगार पल

शिव और मीनल दोनों एक ही कम्पनी में काम करते थे शादी को अभी एक साल ही हुआ था। दोनों अच्छे पदों पर थे। किसी कारण वश शादी के बाद हनीमून के लिये बाहर ना जा पाये। दोनों ने सोचा क्यों ना शादी के वार्षिक दिन को यादगार बनाया जाये। काफी सोच विचार कर छुट्टी के लिये आवेदन कर दिया। शिव और मीनल के दोस्त भी सयुंक्त थे। दो दोस्तों की भी शादी को भी कुछ ही समय हुआ था। वह भी इन पलों को यादगार बनाना चाहते थे। सब ने तय किया कि तीनों जोड़े साथ साथ चलते हैं।

एक गाड़ी उठा कर निकल चला कारवां। जैसे शिमला पहुँचे दिन छिपने लगा। चारों ओर बर्फ की बारिश। गाड़ियां फंसी हुई थी पूरा ट्रैफिक धीरे-धीरे बढ़ रहा था। शिव और मीनल के दोस्त हँसते खिलखिलाते मस्ती से आगे बढ़ रहे थे। सबको बस ये था की पहाड़ी चढ़ाई है कैसे भी पहुँच कर होटल में आराम करें। बर्फ और तेजी से गिरने लगी। शिव गाड़ी चला रहा था। अचानक ब्रेक लगाने से गाड़ी की साइड का दरवाजा खुला और मीनल उछल कर गाड़ी से बाहर फिसलती चली गयी। शिव ने चिल्लाते हुये गाड़ी रोकी तीनों बाहर दोनों दोस्तों की पत्नियाँ भी बाहर आ गयी। दोनों रोने लगी। अंधेरे में मीनल का पता ही नहीं चल रहा था। ऊपर से बर्फ गिर रही थी और पर्यटक भी गाड़ियों से निकल आये। किसी की समझ नहीं आ रहा था कैसे ढूढ़े टार्च की रोशनियों में सब देख रहे थे।

बहुत नीचे एक पेड़ पर कुछ दिखाई दिया बहुत ध्यान से देखा तो मीनल थी। शिव रोने लगा उसने सोच लिया मीनल उसे जिन्दा नहीं मिलेगी। सोच रहा था कौनसी मनहूस घड़ी थी जब यहाँ आने का विचार बनाया।

उसी समय आवाजें आने लगी कुछ छात्र स्काउट गाइड के वहां पर आये हुये थे। जब उनको पता लगा कि कोई महिला खाई में गिर कर पेड़ पर अटक गयी है उन्होंने तुरन्त बड़ी लाइटे जलाई व रस्सी आदि निकाल कर बांधी व दो छात्र रस्सी

के सहारे उतरे मीनल को निकाल कर धीरे-धीरे ऊपर लेकर आये। मीनल का शरीर बिलकुल ठंडा था। ऊपर लाकर उसे गाड़ी में लिटाया व उसको कपड़ों में लपेट कर गर्मी दी। सब पर्यटक अपनी अपनी गाड़ियों में बैठे। शिव और उसके दोस्त उन छात्रों की टीम का बहुत बहुत आभार व्यक्त कर रहे थे। छात्रों ने कहा भैया हमने कोई उपकार नहीं किया एक बहन को मौत के मुंह से बचाया है। मीनल को भी हल्का होश आ चुका था। सब छात्र उसके पास आ गये। मीनल उनको देख कर रोने लगी वह लोग बोले दीदी आज आपका शादी का दिन है भाई हमेशा बहन के सुख की दुआ करते हैं इतने भाईयों के होते आपको कुछ नहीं हो सकता था।

शिव और मीनल और उनके दोस्त उन सबको लेकर शिमला आ गये। होटल सबकी ठहाकों से गूंज रहा था। शिव और मीनल को ये हंसी पल ज़िन्दगी भर के लिये यादगार बन गया।

बन्धन पवित्र प्यार का

वह बड़बड़ाती जा रही थी शर्मा जी कल मैं नहीं रहूंगी तब तुम्हें पता चलेगा कौन तुम्हारा ख्याल रखेगा। मेरी सुनते ही कहां हो कितना समझा चुकी सिगरेट बन्द करदो दिल के मरीज हो पर मैं तो तुम्हारे लिये बकबक करती हूँ।

शर्मा जी अपलक विभा को चिर निन्द्रा में लीन देख रहे थे। बड़ी बेटी पलक और बेटा अमोल दोनों मां के देहान्त की सुनकर आ चुके थे और शर्मा जी से लिपट कर रो रहे थे। पूरी ज़िन्दगी वह पूरी तरह विभा पर निर्भर रहे थे। दो बेटों और दो बेटी के पिता थे पर उन्होंने विभा को कभी महत्व नहीं दिया पर विभा हमेशा उनका ख्याल रखती थी। उसके अन्तिम विदाई की तैयारी चल रही थी वह सोच रहे थे काश विभा अब भी उठ जाये तो उसको अकेले नहीं रहने देगे साथ रहेंगे और अपनी गलतियों की माफी मांग लेंगे। जैसे ही अर्थी उठी बच्चे बहुत रो रहे थे कि पापा की इतनी देखभाल कौन करेगा अचानक शर्मा जी के दिल पर दर्द उठा और वह जमीन पर गिर गये। जब तक सब समझ पाये तब तक शर्मा जी भी विभा के साथ प्रस्थान के लिये निकल चुके थे। ये था पवित्र प्रेम का अनोखा बन्धन।

अफसोस

नमिता बहुत सोच में थी। शादी होकर इस घर में आई। उसने कभी ससुराल को मायके से कम महत्व नहीं दिया। जब से उसने होश संभाला मां और दादी को कहते सुना लड़की का असली घर ससुराल होता है। जब उसके भाई की शादी हुई तो दादी ने कहा बेटा भाभी तुम्हारी हम उम्र है पर इसको हमेशा सम्मान और प्यार देना और यही कारण हुआ कि उसे भाभी के रूप में प्यारी सहेली मिली।

आज अचानक उसकी ननद का फोन आया उसकी सासु जी ने उसे आवाज दी। वह अचम्भित थी कि उसकी ननद जो कभी उसे पंसद नहीं करती आज उससे क्यों श्वेता बात करना चाहती है।

उसने फोन लिया उधर से उसकी ननद श्वेता की आवाज सुनाई दी भाभी मुझे माफ कर देना मैं आपको समझ नहीं पायी।

मैंने हमेशा आपका विरोध किया व मां को आपके विरुद्ध भड़काया। मां इतने दिनों से बिस्तर पर हैं और आप उनकी इतनी सेवा कर रही हो जबकि मां ने हमेशा आपको प्रताड़ित किया। श्वेता बहुत रो रही थी।

नमिता ने कहा ऐसा कुछ कभी मैंने तुम्हारे बारे में कभी नहीं सोचा कि तुम मेरे साथ गलत कर रही हो। तुम इतना अफसोस मत करो अरे तुम मेरी ननद ही नहीं मेरी सहेली भी हो छोटी बहन भी हो।

सबक

माधवी आज बहुत खुश थी क्योंकि उसकी इकलौती लाड़ली बिटिया का सम्बन्ध एक अच्छे परिवार में हो रहा था और लड़का इंजीनियर था। माधवी मेरे पड़ोस में रहती थी। अच्छा व्यापार अच्छा पैसा सब कुछ ईश्वर ने उसे दिया था। सब तैयारी जोर शोर से चल रही थी। सम्बन्ध होने सब ही खुश थे। साक्षी एक बहुत सीधे स्वभाव की बच्ची थी। मैंने माधवी से पूछा कि ये सम्बन्ध जानकारी में हुआ है क्या ? तब उसने बतलाया कोई मध्यस्थ हैं उनके माध्यम से हुआ है।

धीरे-धीरे लड़के वालों की मांगे बढ़ने लगी। नगद, फ्लैट, गाड़ी, जेवर सबकी लिस्ट आने लगी। पहले तो माधवी और उसके पति सब चीज को छिपाते रहे जिससे साक्षी परेशान ना हो पर जब बात हद से जायदा बिगड़ने लगी साक्षी को शक भी होने लगा कि मम्मी पापा उससे कुछ छिपा रहे हैं। उसने बहुत जोर देकर पूछा तब माधवी और उसके पति ने सारी बात बताई। साक्षी ने कहा मुझे सब पता है लड़का मेरे से भी बोल रहा था कि जो चीज मैं बता रहा हूँ उनकी लिस्ट बनालो। पापा मैं केवल आपक वजह से चुप थी। मेरी ज़िन्दगी में अपने हिसाब से नहीं जी सकती और आप इतना क्यों दब रहे हो। साक्षी ने तुरन्त लडके पिता को फोन करा और कहा अंकल आपका बेटा और आप दोनों मुझे क्या समझते हैं मैं अपने पापा के कारण शान्त थी मुझे बिकाऊ पति नहीं चाहिए मुझे आपका बेटा पंसद नहीं। ये हुई ना बात ज़िन्दगी जिन्दा दिली का नाम।

अभी तो दिल बच्चा है

धीरे-धीरे गुम हो गया बचपन

कभी नहीं भूल पायेगे उम्र हो गयी पचपन,

एक ऐसा बिषय लिखो तो पूरा उपन्यास लिख जाये क्योंकि अब बच्चों के बच्चे भी बहुत बड़े हो गये पर मैं तो अब भी अपने बीते दिनों को जीवन्त करती हूँ। शादी को ५० साल पूरे हो गये वह बात दूसरी है कि शादी १५ साल की उम्र में हो गयी। जब गुड़िया खेलने के दिन थे उसी समय दुल्हन बना दी। किस्मत अच्छी थी कि पतिदेव हालांकि वह भी २२ साल के थे पर उसी समय डिग्री कालिज में लेक्चरार की पोस्ट पर नियुक्त हुये सोने में सुहागा वह भी मायके के शहर में। अब शरारत कम नहीं थी बस थोड़ी पैरो में पायल पहन ली। पढ़ाई नहीं छोड़ी क्योंकि मां का हाथ था और उच्च शिक्षा लेली। कालिज की शरारत की शिकायते पति के कानों तक पहुँचती थी बस अन्तर था वह साइंस विभाग में थे और मैं आर्ट विभाग में।

उस समय संयुक्त शिक्षा में लड़कियां बहुत कम होती थी जब मैंने बी.एड किया तो मात्र हम 10 लड़कियां थे और लड़के 50 पर सब लड़को के ऊपर हावी रुतवा था कि पतिदेव इसी कालिज में हैं। एक बार एक लड़के ने प्रेम पत्र किताब में रख कर देदिया। हमने दूसरे दिन स्माइल देदी। अपनी सारी मित्रों को बता दिया प्रोग्राम बनाया कि अलीगढ़ नुमायश लगी है मैं इसको वहाँ बुलाती हूँ तुम सब आजाना। वह आतुर था बात करने को अच्छा स्मार्ट बन्दा था अब स्मार्ट तो हम भी थे वह कालिज के पीछे पहुँचा थोड़ा घबड़ाया हुआ। हमने उससे पूछा पत्र क्यों लिखा तो बोला बहुत सुन्दर हो मैंने कहा शादी शुदा हूँ बोला प्यार यह नहीं देखता। दूसरे दिन नुमायश में मिलने का वायदा करके अलग हो गये।

दूसरे दिन नुमायश में मैं पहुँची वह इन्तजार कर रहा था बोला घूमते हैं चलो जैसे ही घूमना शुरू किया सहेलियो की पलटन आ गयी मैंने अनजान बन कर कहा अरे तुम लोग कैसे सब बोली हम भी नुमायश देखने आये हैं तुम्हारे साथ ही घूमेंगे। बस उसकी हालत खराब और थोड़ी देर बाद बहाना बना कर

गायब हम लोग खूब हंसे। घर आकर पतिदेव को बताया तो डांट तो पड़नी थी। इन्होंने कहा अब तुम एक बच्ची की मां हो तुम्हारी सब हरकते पता चलती हैं। ये था मेरा बचपन अब भी नहीं भूल पाती अब बेटियों के दोनों बच्चे एक बी टैक और एक सिविल सर्विस की तैयारी कर रहा है जब उनकी मां कहती हैं कि पढ़ाई के अलावा थोड़ा बाहर की दुनिया भी देखो तो मैं हमेशा कहती बच्चो जब मेरी उम्र में आओगे तो ये बचपन लौट कर नहीं आयेगा। नानी की तरह बिन्दास रहो।

मैं तो अब भी मोहल्ले के बच्चो के साथ बच्चा बन जाती हूँ। बहुत किस्से फिर मिलेंगे अगले भाग में।

और एक मां मिल गयी

कोरोना का कहर शायद सबसे अधिक मनु ने भुगता है। मनु 16 साल का बच्चा है। पिछली बार जब सब मजदूर शहरों से अपने अपने घर पलायन कर रहे थे तभी मनु के मां बाबूजी और एक छोटी बहन और वह स्वयं कारखाना बन्द होने के कारण अपने गांव पैदल ही चल दिये। गांव बहुत दूर था पर मां बाबूजी दोनों को हिम्मत देता बहन से बातें करता हुआ चल रहा था। सब गाँव जाने वालों का का कांरवा साथ चल रहा था। रात हो गयी थी बस भूखे प्यासे चले जा रहे थे। मां को बहुत तेज प्यास लग रही थी कैसे भी पानी की व्यवस्था नहीं हो पाई अभी गांव बहुत दूर था। मनु की मां एक दम चक्कर खा कर गिरी मनु ने बहुत आवाज दी बहुत हिलाया पर मां तो थकान और प्यास के कारण अपने जीवन से हार गयी।

बाबूजी उसकी बहन बहुत कठिनाइयों से अपने गांव पहुंचे। कोरोना अब थोड़ा थम गया मनु फिर शहर आ गया गांव में बाबूजी ने अपनी एक छोटी दुकान खोल ली पर बहुत सीमित आय थी। मनु ने शहर में एक दुकान पर नौकरी कर ली। आज वह दुकान जा रहा था देखा एक उसकी मां जैसी महिला लकड़ी आदि का गट्ठर सर पर रख ला रही थी गर्मी बहुत थी। उसने सर का बोझा नीचे रख दिया और पसीना पोंछते हुये ललचाई दृष्टि से सामने ठंडे शर्बत के ठेले की ओर देख रही थी। वह उसके पास गया बोला मां आप शर्बत पीओगी वह चुप रही। मनु तुरन्त गया और बड़ा गिलास ले आया। उसने उसको दिया वह बहुत खुश हुई और एक दम पी गयी। मनु को लग रहा था शायद मां को तृप्ति हो गयी। जब उनसे पूछा तो उसने कहा कि बस्ती में कोरोना फैला पता ना वह कैसे बच गयी उसका पूरा परिवार खत्म हो गया। मनु ने उसे उठाया और बोला आप मेरे साथ चलो आप मेरी मां बन कर रहना आज से आप मेरी और मेरी बहन की धर्म मां हैं।

तोहफा

अभी पितृ दिवस निकल कर गया। सभी लोगों ने अपने जन्म दाता की तस्वीरे डाली। महानता के किस्से डाले। अच्छा लगा कि चलो इस इन्टरनेट की दुनिया ने मातृ दिवस और पितृ दिवस पर बनावटी ही सही कुछ तो सिखा दिया।

रेखा अपनी खिड़की में खड़ी सामने रहने वाले मल्होत्रा अंकल को देख रही थी। कुछ दिन पहले कितना रौब था चेहरे पर जब आन्टी जिन्दा थी। अंकल की एक एक बात का ध्यान रखना। खाने में किस चीज से परेशानी होती है कौनसी बात अंकल की सेहत के लिये नुकसान करेगी। पूरी कोलोनी में आंटी अपने मधुर स्वभाव और सबकी सहायता करने में मशहूर थी। बेटा और बेटियाँ अपने परिवारों के साथ बाहर रहते थे। त्यौहारों पर सब आते आंटी सबकी ज़रूरतों और पसंद का ख्याल रखती। इस कोरोना आपदा ने आंटी को निशाना बना लिया। आंटी को गये तीन महीने हो गये अभी बेटा बहू आये दो दिन रुके और चले गये। कल जब मैंने पूछा अंकल आप नहीं गये वह बोले बेटा उसका फ्लैट छोटा है। बच्चे के पेपर हैं मैं किसी ओल्ड होम का पता लगा रहा हूँ। बेटियों को नहीं पता और बेटियों के यहाँ मैं नहीं रहूंगा।

सुबह मैं उठी सोचा चलो अंकल को चाय और नाश्ता दे आती हूँ क्योंकि उनकी सर्वेन्ट देर से आती है। जब पहुँची तब उनका बेटा मोबाइल पर बात कर रहा था ''Papa happy father'' कल 'अंकल ने रुंधी आवाज में कहा खुश रहो फिर उसने कहा कि एक ओल्ड होम का पता लगा लिया है मेरे घर से अधिक दूर नहीं है। मन करा फोन छीन कर बोलू क्या पितृ दिवस का तोहफा दे रहे हो। दुखी मनसे घर आ गयी।

होनहार खिलाड़ी

मेरा फ्लैट पांचवी मंजिल पर था। मेरे फ्लैट के पीछे झोपड़ियां थी। सब झोपड़ी के बच्चे एक मैदान में एकत्रित थे। ये वह बच्चे थे। जिनके मां बाप पूरे दिन श्रम करके दो समय का भोजन जुटाते थे। यह बस्ती स्टेडियम के पीछे थी। सारे बच्चे किसी तरह छुप छुप कर वहाँ होने वाले मैच देखते थे और सोचते थे काश हमारे मां बाप भी इसी तरह ड्रेस पहना के बल्ला और गेंद हमें दिलवा पाते।

पर बच्चों ने हार नहीं मानी और लकड़ी काट कर विकेट बनाये और कपड़े कूटने वाली मोगरी जिससे मां कपड़े धोती थी बल्ला बना दिया और कुछ पैसे इकट्ठे करके गेंद ले आये। टीम तो पहले भी तैयार थी जिसमें लड़कियां और लड़के दोनों थे। बस हो गया खेल शुरू दोनों टीम बहुत ही उल्लासित होकर जी जान से जीत के लिये खेलने लगी। मैं उनका खेल देखकर सोच रही थी कि शायद इनमें से ही कोई कल का तेन्दुकर या धोनी बन जाये और उसी समय देखा बच्चे बहुत खुशी से चिल्ला रहे थे एक बच्ची ने छक्का मार दिया था सारे लड़को को मात देकर। मैं सोच रही थी हो सकता है कल को किसी की निगाह इस होनहार खिलाड़ी पर पड़ जाये।

कुछ ना कहो

सुगुनी का विवाह अपने से बड़ी उम्र के आदमी किशना से हो गया था। किशना अच्छा पैसे वाला शख़्स था। उसका बहुत पैसा सुगुनी के बाप राम चन्द्र पर उधार था। राम चन्द्र कैसे भी उस पैसे को नहीं चुका पा रहा था। किशना की पहली बीबी चार बच्चों को छोड़ कर परलोक सिधार गयी थी।

जब कर्ज नहीं चुका पाया तो किशना ने कहा कि अपनी बेटी का विवाह मेरे साथ कर दो मेरे को भी और मेरे बच्चों को भी घर में किसी महिला का होना जरूरी है। किशना और सुगुनी में 20 साल का अन्तर था।

वह 18 की थी वह 38 का। बच्चे भी बड़े बड़े थे। वह मन से सुगुना को मां न मानते थे। धीरे-धीरे समय कट रहा था। सुगुना के कोई सन्तान नहीं हुई फिर भी उसने किशना से कभी शिकायत नहीं की।

बच्चे उसे मां मानते ही नहीं थे पर उसे तो अपना कर्तव्य निभाना था। धीरे-धीरे सबकी शादी हो गयी। लड़कियां ससुराल चली गयी और लड़के बहु और पैसा लेकर शहर में बस गये। सुगुनी और किशना दोनों अकेले रह गये। किशना बहुत बूढ़ा हो गया था। सुगुनी की भी उम्र बढ़ने लगी थी फिर भी वह सारा काम सम्भालती थी।

कोरोना की आपदा ने सब कुछ बदल दिया। गांव में भी कोरोना ने पांव फैला दिये। किशना पता ना कैसे इसकी गिरफ्त में आ गया। बच्चों ने तो पहले से ही उनसे दूरी बना ली थी। अड़ोसी पड़ोसी भी एक दूसरे की मदद नहीं कर पा रहे थे।

15 दिन से किशना बिलकुल अकेला एक कमरे में और सुगुना दूसरे कमरे में। आज जब वह सही हो गया और कमरे से बाहर आया तब सुगुना खुशी से झूम रही थी उसने किशना को स्नान कराया। उसे बाहर पंलग पर लिटाया। किशना एक दम सुगुनी का हाथ पकड़ कर रो गया और बोला कि तेरे साथ बहुत अन्याय हुआ। सुगुना बोली ना अब कुछ ना कहो अब सब बीत गया। बस हम अब एक दूसरे के सहारे ही जिन्दा है।

लावारिस मां

एक नाजुक सी सुन्दर सी मां बाप की राजकुमारी ऐसी थी दीदी, दादी तो पैर ही जमीन पर नहीं रखने देती थी, पर उस समय लड़कियों की शिक्षा से अधिक घरेलू कामो को अधिक महत्व दिया जता था और दादी और मां ने हर काम में उनको निपुण कर दिया। शादी भी 15 साल की थी कर दी गयी। सुसराल भी मिली तो भरपूर सदस्य थे।

छोटी उम्र और पूरा काम उस पर तीन बच्चे पांच साल में पैदा हो गये। पति भी रसिक मिजाज आये दिन व्यापार के सिलसिले में शहर से बाहर रहना पर मजाल जो अपने पति की थोड़ी सी बुराई सुन लें। पति के व्यसन ऐसे थे कि आर्थिक हालत नाजुक होने लगी। आये दिन मायके आजाती रो रो कर मां और दादी की हमदर्दी पा लेती और आर्थिक मदद ले जाती। भाग्य की विडम्बना पति का लम्बी बीमारी के बाद देहान्त हो गया। हिम्मत करके बच्चों को पढाया बच्चे अच्छे कमाने लगे। शादी करके बहू घर आ गयी पर बहुयें थी नये जमाने की सास उन्हें कैसे भी सहन नहीं हुई आये दिन घर में कलह।

दीदी कुछ समझ नहीं पारही थी जिस घर को बनाने में कितना कष्टमय जीवन व्यतीत करा, आज बहुयें कह रही हैं कि पति हमारे हैं और हमारा घर है। रात को पानी पीने उठी तो तीनों बेटे और बहुयें एक कमरे में थे बातो की आवाज सुन कर रूकी बहुये कह रही थी कि बुढ़िया को किसी वृद्धा आश्रम में छोड़ आओ। दीदी बहुत दुखी हो गयी और रात को ही घर छोड़ दिया।

बेटों ने कोशिश की ढूंढने की पर उन्हें उनकी माँ नहीं मिली। बहुयें तो चाहती ही यही थी। अब बिलकुल स्वतन्त्र हो गयी। तीनों बेटों से सब रिश्ते दारों ने पूछा हो इन लोगों ने कह दिया कि वह बीमार थी और बोम्बे जाकर इलाज कराया।

उन्हें कोई छूत की बीमारी थी इसलिये अस्पताल वालों ने दाह संस्कार वहीं करा दिया अब यहाँ पर शुद्धि करा देगें जिस दिन मृत्यु भोज चल रहा था लोग बाहर निकले देखा एक बुढ़िया बेहोशी हालत में बाहर सीढ़ियों पर लेटी है। हल्ला मचा सब निकल कर आये देखा दीदी बेहोश थी। नालायक औलाद ने जिन्दा पर ही उन्हें मार दिया।

लाल दाग

कमली और उसका बड़ा भाई मुन्ना दोनों नट थे। दोनों के पिता एक दुर्घटना में खत्म हो गये। दोनों अपने पिता से ही ये करतब दिखाने की कला सीखे थे। अक्सर नट कहीं भी ये करतब दिखाने शुरू करते हैं और भीड़ इकट्ठा हो जाती है, फिर जब खेल खत्म होता है तब कुछ लोग पैसे देते हैं शायद यही इनके जीवन यापन का साधन है।

आज कमली अकेली इस करतब को दिखा रही थी क्योंकि मुन्ना पांच दिन से बीमार था। उसका बुखार नहीं उतर रहा था किसी ने सरकारी अस्पताल में खबर करदी कि उनके यहाँ एक मरीज को शायद कोरोना है और अस्पताल से एक गाड़ी आई और मुन्ना को ले गयी। दोनों मां बेटी रोती रही घर में खाने को कुछ नहीं था। आज लाक डाउन खुला। कमली की मां स्वयं एक पैर से चल नहीं पाती थी। वैसे मुन्ना रस्सी और बोतलों पर चढ़ता था कमली ढपली बजाती थी। आज उसका पूरा शरीर टूट रहा था। सोच रही थी गरीब हो या अमीर हर लड़की हर महिला को ये 28 दिन बाद होने वाले कष्टों को झेलना होता है। पैरों में जान नहीं थी फिर भी पेट के लिये तो कुछ करना था। अपनी मां को लेकर वह भीड़ वाले इलाके में पहुँच गयी और अपने करतब का सामान लगा लिया। सोच रही थी हालांकि लाक डाउन खुला भीख मांगने से अच्छा है कुछ करतब दिखाऊं शायद आज शाम के खाने का इन्तजाम हो जाये। वह बोतलों पर चढ़ कर करतब दिखाने लगी। अचानक भीड़ में खड़े युवक खूब ताली बजाकर कर हंसने लगे। उसको भी अपनी सलवार पर कुछ गीलापन लगा। मां ने इशारा किया कि नीचे आजा। वह नीचे उतरी देखा सलवार पर लाल धब्बे आ गये थे। वह घबड़ा गयी मां भीड़ के सामने हाथ जोड़कर कहा आज का तमाशा खत्म। कमली तटस्थ खड़ी सामने एक विज्ञापन देख रही थी ''Whisper'' का जहां एक सहेली दूसरी सहेली से कह रही थी मैं दौड़ूंगी क्योंकि मैं ''Whisper'' प्रयोग करती हूँ। वह सोच रही काश मैं भी खरीद पाती तो ये लाल दाग छिप जाते और मैं आज हंसी का पात्र नहीं बनती।

संहार

आज नीति जेल की सलाखों के पीछे बैठी थी। अभी उम्र ही कितनी है केवल 19 साल रविवार का दिन मिलाई का दिन होता था। 1 साल से सबके मिलने वाले आते थे पर उससे मिलने वाला कोई नहीं था। केवल जेल का स्टाफ ही उसका परिवार था। आज शायद जेल में कुछ कार्यक्रम था। जेलर साहब के साथ कुछ महिलाओं ने प्रवेश किया। एक महिला जिनका नाम सुगन्धा था काफी देर से नीति को देख रही थी। कार्यक्रम संचालिका ने उनका परिचय कराया की आप समाज में एक सम्मानित जगह रखती हैं। वह थी भी बहुत आकर्षित करने वाली। नीति सोच रही थी इनसे कैसे भी मेरी बात हो जाये।

सुगन्धा मंच पर आई और सब महिला से परिचय पूछने लगी जैसे ही नीति से पूछा वह खड़ी होकर हाथ जोड़कर रोने लगी आप मेरी मां की तरह हो आज मैं आपको सब कुछ बता दूंगी। नीति ने रोते हुये बताया वह बिहार के बहुत पिछड़े इलाके में अपने गरीब मां-बाप के साथ रहती थी। मजदूरी करके बड़ी मुश्किल से जीवन यापन हो रहा था। उसी गांव में कम्मो नाम की महिला रहती थी। उसका शहर में बहुत आना जाना था। वह कुछ लड़कियों की नौकरी शहर में लगवा चुकी थी। उसने नीति के मां बाप से बात करके उसे शहर ले आई। वहाँ किसी शख़्स से बात करके उसके यहाँ उसका इन्तजाम कर दिया। दो दिन बाद ही उस ने उसके साथ बलात्कार किया वह रोई गिड़गिड़ाई पर वह नहीं पसीजा। 14 साल की बच्ची को उसने दो दिन तक रौंदा तीसरे दिन वह दो आदमियों को बुला लाया। तीसरे दिन तीनों बिना परवाह के उसको रोंदा। वह दर्द से कराह रही थी। बाहर निकल कर देखा दोनों जा चुके थे। बस एक शख़्स नशे में सो रहा था। उसने सब्जी की टोकरी में एक चाकू देखा और बेसुध पड़े उस आदमी के अंग को ही काट दिया वह जोर से चीखा। पड़ोस वाले आ गये वह चाकू लेकर खड़ी रही पुलिस आई उसे ले गयी। वह चुप हो गयी आज तक किसी को नहीं बता पाई क्योंकि कोई नहीं सुनता 5 साल से वह घुट रही थी। सुगन्धा जी को देखकर वह बोली मैंने क्या गलत किया आप बताओ। सुगन्धा जी ने उसे गले

लगा लिया बोली नहीं बेटा तुम में सीधे देवी शक्ति आ गयी। इन राक्षसों का संहार तो नारी शक्ति ही करेगी। मैं तुम्हारे केस की पैरवी करूँगी।

सुगन्धा जी ने मंच से नीति की प्रशंसा की और कहा मां दुर्गा ने भी आसुरों का संहार किया। नीति ने कोई अपराध नहीं किया।

कोरोना गिफ्ट

इस कोरोना ने घर की चारदीवारी तक ही सीमित कर दिया है। लाक डाउन भी ऐसा कि आवश्यक हो तब ही बाहर निकलने की सोचते हैं। दामिनी की सारी दुनिया एक कमरे में एक मेज कुर्सी पर सिमट गयी है। पूरे दिन बस ऑनलाइन काम पूरे प्रोजेक्ट एक जगह बैठ कर ही पूरे करो। घर में मां, पापा, छोटा भाई और दादी मां। दादी माँ की लाडली पोती दामिनी। सारे दिन दादी मां बड़बड़ाती बूढ़ी हो जायेगी पर कब शादी करेगी। दामिनी भी बड़े लाड़ से कहती क्यों एक शादी तो बचपन में करवा दी क्या मिला उससे। दादी मां सुस्त हो जाती। आज दामिनी सुबह चाय का प्याला पकड़े बालकानी में अपनी पिछली ज़िन्दगी में झांक रही थी। असल में पहले सब गांव में रहते थे। दादी का बहुत रुतवा था दादा जी सेना में थे। दामिनी के पापा सेना में नहीं जाना चाहते थे वह इंजिनियर बनना चाहते थे। दादी दादा ने उनकी शिक्षा शहर में कराई। शादी हो गयी सब बहुत खुश थे। दामिनी का जन्म हुआ दादी को तो खिलौना मिल गया। क्योंकि दो पीढ़ी से घर में बेटी नहीं थी। दादी के बचपन की पक्की सहेली माया के बेटे के भी बेटा हुआ जिसका नाम था अमन बस दोनों ने बचपन में ही शादी पक्की कर दी। दामिनी के मम्मी पापा को भी आपत्ति नहीं थी। दादाजी का देहान्त हो गया। दादी को गांव से मम्मी पापा शहर ले आये। दामिनी बड़ी हो रही थी और पढ़ने में भी होशियार। उधर दादी की सहेली माया का अमन सर्व गुण सम्पन्न था। पैसे की कमी ना थी और अवगुणों की भी कमी नहीं थी। कहते हैं ना धनवान के अवगुण छुप जाते हैं और यही हुआ दोनों की शादी हो गयी। दामिनी पढ़ी लिखी थी जब ससुराल पहुँची सब देख कर परेशान हो गयी।

उसने अमन को बहुत सुधारने की कोशिश की पर एक दिन सब सीमा टूट गयी जब वह एक बाजारू लड़की को घर ले आया। दामिनी के विरोध करने पर उसे सहन नहीं हुआ और उसने उसे पीट कर कमरे में बन्द कर दिया। बस दामिनी ने उसी समय अपने मायके जाने का निर्णय कर लिया। जब वह अपने मायके पहुँची तब दामिनी के पापा ने अमन से बात की

पर बात बहुत बढ़ गयी और तलाक हो गया। आज दामिनी एक मल्टी नेशनल कम्पनी में अधिकारी है।

चाय का प्याला हाथ में था कि से नीचे सफाई कर्मचारियों के शोर की आवाज आई। लाक डाउन में सफाई कर्मचारी, गार्ड लगातार दिखाई देते थे। उसने ऊपर से ही पूछा क्या हो गया तुम सब क्यों शोर मचा रहे हो उसमे से जो कचरा ले जाती थी माला बोली दीदी एक नवजात बच्ची कचरे के डिब्बे में है अभी जिन्दा है। दामिनी तुरन्त मास्क लगा कर पहुँची उस बच्ची को देखकर वह दंग रह गयी इतनी प्यारी बच्ची कैसी मां होगी जिसे यहाँ डाल गयी। क्या किसी का पाप थी या कोरोना की वजह हो सकता है आर्थिक स्थिति इसे पालने लायक ना हो। उसने पुलिस को सूचना दी। सारी कार्यवाही करवा कर और स्वास्थ्य सम्बन्धी टैस्ट करा कर दामिनी ने उसे गोद ले लिया। दामिनी के मम्मी पापा उसके निर्णय से खुश थे क्योंकि उसने शादी ना करने का फैसला कर लिया था। दामिनी उसे लेकर आई और दादी की गोद में डाल कर बोली लो दादी मां जब मैं बुढ़िया हो जाऊंगी तब ये मेरा ख्याल रखेगी जैसे मैं आपका रखती हूँ। दादी ने दामिनी और उस नन्हीं परी को आंचल की छांव में ले लिया और बोली यह मेरे लिये 'कोरोना गिफ्ट' है।

अतीत

आज मनु के पैर जमीन पर ही नहीं थे क्योंकि सारे पुराने दोस्तों ने एक दूसरे को ढूँढा और आपस में सम्पर्क बना कर एक जश्न का आयोजन किया। आज बहुत साल बाद अपने परिवारों से निकल कर कुछ समय विधार्थी जीवन वाला व्यतीत करने का एक उल्लास सबके दिल में था।

मनु बहुत खुश थी चलो वहां सुमि, शशि, वत्सला, आर्या के साथ साथ और सब भी मिलेंगे।

बच्चे सबके उच्च शिक्षा में थे। पति अपने अपने कामो में व्यस्त थे। कुछ सहेलियां गृहणी थी कुछ सर्विस वाली। मनु की सबसे जिगरी सहेली थी वत्सला। दोनों दो शरीर एक जान पर शादी के बाद कुछ दिन दोनों सम्पर्क में रही फिर धीरे–धीरे कम होता गया। अब मनु उससे मिलने को बहुत उत्सुक थी।

मिलने का दिन भी आ गया मनु वत्सला से लिपट कर मिली वत्सला तो आँखों में आंसू ले आई। सब सहेलियां बहुत खुश थी पर वत्सला के चेहरे पर वैसी खुशी नहीं थी वह उदास हंसी हंस रही थी। मनु लगातार उसके साथ थी।

कुछ समय निकाल कर उसे एकान्त में ले गयी। उसने पूछा क्या बात है परिवार में कुछ अनबन है। वत्सला ने बहुत व्यथित होकर कहा मनु मेरे पति बहुत अच्छे हैं। दोनों बच्चे बहुत समझदार तथा मेरे प्रति बहुत लगाव रखते हैं पर शादी से दो दिन पहले मेरे साथ कुछ ऐसा घटित हो गया था कि मैं अपने को माफ नहीं कर पाती और सोचती हूँ कि मैंने अपने पति और परिवार को धोखा दिया है। उसने बताया हल्दी चढ़ चुकी थी गीत संगीत का घर में खुमार था बहुत शोरगुल था। मेहमान आ चुके थे। मैं अपने कमरे में अकेली थी। उसी समय मेरा चचेरा भाई जो सबसे अधिक भाग भाग कर काम कर रहा था मेरे कमरे में आया और मैं कुछ समझ पाती उसने कमरा बन्द करके मुझसे मेरा सब कुछ छीन लिया मैं रोती रही गिड़गिड़ाती रही। मैंने मां से कहा पर वह बोली तुम बिलकुल शान्त रहोगी और अपने पति से भी कुछ नहीं बताओगी इसी

में भलाई है। मैं आजतक घुट रही हूँ। मैं मायके जाती हूँ तो उसको अपने परिवार के साथ बहुत खुश देखती हूँ जबकि मेरा दिल अन्दर तक आहत होता है। मनु ने कहा बस ये बता तेरी मर्जी से हुआ था जब तू गलत नहीं है तो अपने को क्यों इतनी सजा दे रही है। एक दुखद घटना समझ कर भूल जा और अपने परिवार के साथ खुश रहे। आज मुझसे वायदा कर कि इस घटना को बिलकुल नहीं सोचेगी देख यह शाम भी कितनी सुन्दर है पर रात का अन्धेरा इसे अन्धकारमय करता है पर सुबह की बेला इस अन्धेरे को फिर खत्म कर देती है और सूरज रोशनी से दिन को जगमगा देता है।

इसी तरह अतीत को दफना कर अपनी ज़िन्दगी को जिन्दादिली से जी ये ज़िन्दगी दोबारा नहीं मिलेगी।

पगली

बाहर बहुत शोर था, मेरी आँख खुली आज छुट्टी का दिन था! रात को सोच कर सोई थी कि देर तक सोऊँगी पर शोर से नींद टूट गई! नीचे झाँक कर देखा बहुत भीड़ एकत्रित थी! जब पड़ोस में पूछा तो पता चला कि रात को कोई पागल स्त्री को बेहोशी हालत में यहाँ डाल गया है!

मैं उतर कर नीचे पहुँची भीड़ को हटा कर देखा चेहरा कुछ जाना पहचाना लगा जब बहुत सोचा तो ध्यान आया कि इसका नाम रामा है। हम पहले जहां रहते थे पड़ोस में एक सज्जन मि. शर्मा रहते थे उनकी बेटी है। जो मानसिक रूप से विक्षिप्त थी पर उस समय अल्हड़ थी! उस समय खिड़की में से ये सबको आवाज लगाती थी! जब आस पड़ोस के लोगों से पूछा तब पता चला कि रामा के घर वाले उसे कमरे में बंद कर देते हैं! मुझे बहुत दुःख होता था जब उसको देखती थी! कुछ दिन बाद उसकी आवाज आनी बंद हो गई!

एक दिन वह हमारे घर आगई मेरी बेटी 8 महीने की थी! उसने मेरी बेटी को गोद में कस कर उठा लिया मैंने बहुत कोशिश की उसे उसकी गोद से ले लूँ पर वह बाहर भागने लगी! मेरे मकान मालिक के बेटे ने उससे बेटी को जबरदस्ती से लिया! वह रोती हुई चली गई! हम भी बाहर चले गए! कुछ दिन बाद पता चला कि किसी ज़रूरत वाले शख़्स से उसकी शादी कर दी! माँ बाप मर चुके थे! भाई भाभी को वह बोझ थी!

जिससे उसकी शादी हुई उसके लिए केवल ये एक वासना पूर्ति की वस्तु थी! आज जब देखा तो मुझे बहुत दुःख हुआ! पुलिस आ चुकी थी! उसे हॉस्पिटल भेजा! मेरा मन बहुत उदास था! रात को कॉलोनी वालों से पता लगा कि उसका बहुत लोगों द्वारा शरिरिक शोषण किया गया और आंतरिक बहुत चोटें हैं अब शायद बच भी नहीं पाएगी! सुबह उठते ही पता लगा वह इस दुनिया से जा चुकी थी पर उस पागल को इस स्थिति में लाने वाले सब वहशी आराम से अपने घरों में मस्त थे!

पाखंडी

वसुधा अपनी खिड़की पर खड़े होकर शाम के धुंधलके में खड़े होकर वृक्ष की ओर टकटकी लगाकर देख रही थी। एक चिड़िया अपने तीन बच्चों को बार बार दाना लाकर खिला रही थी। तीनों बच्चों को वह पूरी तरह सुरक्षा दे रही थी। इतनी देर में एक बाज आया और उस घोंसले के चारों ओर मंडराने लगा। चिड़िया बहुत चींचीं करने लगी पर कोई मदद को ना आया।

इस घटना को देखते ही वसुधा पीछे घटित घटना में खो गयी। जिस कालोनी में वह रहती थी उसी कालोनी में सामने वाले मकान में एक परिवार आकर रहने लगा। उस परिवार में एक विधवा महिला व तीन बेटियाँ थी। बड़ी बेटी नवयौवना थी दोनों छोटी भी युवावस्था में कदम रख रही थी। मां बेटी बहुत सुन्दर थी। कुछ ही दिनों में वसुधा की अच्छी खासी दोस्ती उस परिवार से हो गयी। मंजु आंटी से बात करके उसे बहुत अच्छा लगता था। वह बहुत सुलझी व धार्मिक प्रवृत्ति की महिला थी। तीनों बेटियाँ अनुभा, अर्पिता, रुचि वसुधा को दीदी कहने लगी वह भी अकेली थी। पति की बाहर पोस्टिंग थी। उनके आने से उसको भी परिवार की कमी महसूस नहीं हुई। मंजु आंटी ने किसी को अपना गुरू बना रखा था।

एक दिन सुबह से ही उनके घर में बहुत चहल पहल थी। पूरा घर चमचमा रहा था। उत्सुकता चलते मैं भी उनके यहाँ पहुँच गयी। थोड़ी देर में चार पांच गाड़ियां आकर उनके दरवाजे पर रूकी। एक बहुत ही आकर्षण व्यक्तित्व का गाड़ी से उतरना हुआ उनके साथ ही आठ दस शिष्य भी उतरे। काफी स्वागत से उनको कमरे में ले जाया गया। कालोनी के सभी लोग दर्शन करने पहुँचे। शाम तक काफी मजमा लगा रहा। शाम को स्वामी जी प्रस्थान कर गये।

दूसरी सुबह वसुधा अपनी वालकोनी में खड़ी थी कि उसने देखा की उन महाराज जी का एक शिष्य रुका हुआ है। बहुत सुन्दर व्यक्तित्व हीरो के तरह गेरुआ वस्त्र पहने। वसुधा को किसी कारण वश कुछ समय बाहर जाना पड़ा। जब

वह लौटी तो कालोनी में उन स्वामी जी को लेकर अजीब सी चर्चाये थी। उस परिवार से उसका बहुत लगाव था। उसने मंजु आंटी को थोड़ा सा समझाने की कोशिश की उसका नतीजा निकला कि उन लोगों ने उसको नजरअन्दाज करना शुरू कर दिया। एक दिन तो हद हो गयी सुबह सुबह वसुधा की डोर वैल बजी उसने दरवाजा खोला देखा तो वह हीरो जैसे स्वामी जी दरवाजे पर खड़े हुये थे। वसुधा ने भीतर कमरे में बैठाया। वह एक दम उससे बोले कि आपको मेरे रहने से क्या आपत्ति है। आप सब में मेरा विरोध कर रही हैं। वसुधा ने कहा मुझे इस बात से कोई मतलब नहीं है।

चार पांच दिन बाद सुबह ही पूरी कालोनी में बड़ा शोर था। रात को वह पाखंडी स्वामी दो बेटियों को लेकर गायब हो गया। शर्म के कारण मंजु आंटी एक बेटी को लेकर कहीं चली गयी। एक अच्छा परिवार कहीं अन्धेरे में खो गया।